覇者の情人

覇《は》者《しゃ》の情《じょう》人《じん》

あさひ木《この》葉《は》

ILLUSTRATION：日《ひ》野《の》ガラス

覇者の情人

LYNX ROMANCE

CONTENTS

覇者の情人

プロローグ

「会頭、お待ちください！　会頭！」

系列の組織の頭から選ばれている、執行機関の幹部。中でも序列一位である経堂《きょうどう》の声に、渡月千裕《とげつちひろ》は振り返った。

日本でもっとも洗練された暴力団といわれる極東太平会《きょくとうたいへいかい》において、千裕の権力は絶対だ。だが、重鎮である経堂を、蔑《ないがし》ろにはできない。組織にとっても、千裕にとってもマイナスにしかならないからだ。

「何事だ」

外出するために駐車場へ急いでいた千裕へ、経堂は抱えていた書類を渡した。

「こちらに、目を通していただけますか？」

「……写真？　また見合いの話か」

千裕は、眉《まゆ》を顰《ひそ》める。

こういう話が暢気《のんき》にできるというのは、それだけ組の内部が落ち着いているということであり、何年か前の極東太平会の状況を考えると、これ以上喜ばしいことはないのかもしれない。

だが、繰りかえされるこの手の話題は、千裕にとって鬼門でもあった。断れる立場だが、煩《わずら》わしい。

「会頭のお眼鏡《めがね》に適う女性が、ひとりくらいはいるでしょうから。身を固めて、後継者争いを起こさないための備えをすることも大事です」

初老にさしかかった経堂は、まるで息子に対するかのように千裕に諭す。彼は頭のきれるタイプではないが、気がいい。千裕のナンバー2としては、この程度の男がちょうどいい。実直に、仕事をこなし、組織を守ることができるタイプが。

「また、その話か」

千裕は大げさに溜息《ためいき》をつく。

年齢が年齢だけあって、結婚の話は何度も出ている。見合いを勧められたことも、一度や二度じゃない。

だが千裕は、結婚をするつもりはなかった。

極道の頭目などという立場には、時として家族が弱点になることもある。抗争となれば、必ず弱い場所を狙われるだろう。それを、千裕は避けたかった。

……弱みを作ることの意味を、痛感しているからだ。

「俺の子に跡目を継がせるつもりはない。どうしてもというなら、この極東太平会を任せられると俺が見こんだ男を養子にしよう」

見合いを勧められるたびに繰りかえす決まり文句を、千裕は経堂に返した。

千裕は本気だ。

結婚するつもりも、子を持つつもりもない。

わかりやすい弱点を作りたくはない。それに、誰かと所帯を持つだなんて、他人に心を許すような真似が、今の千裕にできるとも思えなかった。

「会頭に男惚《ほ》れして、ついてきている者たちの気持ちも、考えてみてください。会頭の血を引く跡継ぎを、誰もが望んでいます」

「俺に惚《ほ》れてるなら、俺が選ぶだろう男のことも信用してくれるはずだ。なあ、経堂。俺は、そう信じている」

嫌味な口調にならないよう気をつけながら、そう千裕は言い放つ。

そして、付け加えた。

「俺は、太平会と結婚したんだ。妻はいらない」

「会頭のお心意気やよしですが」

「……それに、俺には『夫たち』がいる。嫉妬深くはないんだが、定期的に相手をする必要があるからな。これで人間の妻まで持ったら身が持たない」

艶《つや》やかに笑ってみせると、経堂はびくっと肩を揺らす。

千裕は、軽く経堂の肩を叩いた。

「なあ、俺は今を楽しんでいる。だから、大丈夫だ。安心してくれ」

目を合わせ、子供に噛《か》んで含めるように、千裕は言う。

『犠牲』になったわけではないと、伝えるように。

「では、俺は出かける。オトコ共を迎えにいってやらないとな。帰りは明日の夜になるだろう。彼らのボディガードが山ほどいるから問題はないだろうが、念のためにGPSだけはチェックしておいてくれ」

「会頭……」

何かを堪えるように経堂は視線を下向けるが、やがてしっかりと頷いた。

「かしこまりました。この経堂、命にかえて留守をお守りします」

大仰なことを言い出した部下は、どこまでも実直だ。人のいい男だ。千裕に対して、どこか罪悪感を抱いていることを含めて。

……それでも、心許すことはできない。経堂を選んだのは、彼が腹芸ができないほど愚直な面を持ち合わせているからだ。

千裕を裏切られるほど賢しくもない男だから、執行の中でナンバー1の地位を与えているのだ。

打算と割り切りと。そういう感情があって選んだ男だが、こういう感情を向けられると、千裕でもくすぐられるものはあった。

甘さを捨てきれていない自分に苦笑いするしかないが、ちゃんと意識するようにはしている。無意識よりは、マシだろう。

「……なにも心配することはない。遠方からの客をもてなしてくるだけさ」

そう言って、千裕は微笑《ほほえ》みかけてみせる。

「あとはよろしく」

「はい……っ」

深々と、経堂は頭を下げる。

「太平会のために体を張っていらっしゃる会頭は、誰がなんと言おうとも、我々執行機関の誇りです」

「ありがとう。その言葉だけで十分だ」

その言葉は嘘《うそ》じゃない。

部下たちに同情されるような立場は、決して好ましいものとはいえないだろう。コントロールは必要だが、その一方で彼らの気遣いはありがたく受け止めている。それも、千裕の本音だった。

(……組の存続のために身を売ったというと、聞こえはいいな)

皮肉っぽく、千裕は考える。

実際には、そんないいものでもない。千裕は、そうするしかない立場にまで追いこまれただけだった。

だが、千裕自身の決定でそうしたということが重要だ。

だからこそ、千裕は昂然《こうぜん》と頭を上げている。娼婦《しょうふ》と呼ばれようと、売女《ばいた》と蔑《さげす》まれようと、構わない。

取引も契約も、千裕自身がよしとするところだ。

信頼や忠誠心などという、目に見えないものよりも、ずっと安心できるから。

(さて、俺のオトコたちのご機嫌とりをしてくるか)

妖艶《ようえん》そのものの顔で、千裕は笑った。

彼らに会うのは、嫌じゃない。それを楽しめるくらい、タフな自分になろうと、千裕は努力もしてきた。

それに、千裕も彼らからは利を得ている。千裕に彼らが望むもの、すなわちこの体を提供することに、なんの躊躇《ためら》いがあるだろうか。

組のためなどと、健気《けなげ》なことを言うつもりはない。

ただ千裕は、自分自身に与えられ、そして奪われることがない財産を、できるかぎり有効に活用しているだけだ。

この身を二人の男に捧げてから、もう十年以上の月日が経《た》つ――。

第一章

千裕が『処女』を売ったのは、大学生の時のことだ。

頬《ほお》を、鋭い視線が刺す。

目を瞑《つむ》っていてもわかるほど、力のある眼差《まなざ》しだった。

そんな視線で見つめられたことなんて、今までなかった。心臓まで抉《えぐ》るような強さが目に宿る男なんて、千裕の人生には存在しなかった。

（誰だ？）

目を開ける。視界に映ったのは、見知らぬ男だった。

細身で長身だというのが、最初の印象だった。シャープな輪郭《りんかく》、きっちりまとめた黒い髪、細い吊《つ》り目。薄い口唇は冷酷そうだ。

なんの感情も浮かばない面差しは、人形のように作り物めいていた。周りを見とれさせるのではなく、圧倒的な美しさの持ち主だ。

鮮やかな色彩で飾られたチャイナ服は、まるで女性もののよう。翡翠《ひすい》のアクセサリーが、男にしては細い手首を飾っていた。

その癖《くせ》、彼が女っぽく見えないのは、その眼差しが持つ迫力のせいだろう。ともすれば、女性的と形容できる容姿だというのに。

その美しさの前では、年齢すら無意味だ。二十代にも、三十代にも、もっと年をとっているようにも見える。細身の体軀《たいく》だが、威風堂々《いふうどうどう》とでもいっていいような、重厚な雰囲気を漂わせていた。

視線一つで人の印象が左右されるということを、千裕は知らなかった。

「目を覚ましたか」

日本語だが、少しイントネーションが引っかかる。そういえば、顔の作りもオリエンタル——日本人じゃない。大陸の人間のようだ。

「あなたは、何者ですか」

千裕は男から目をそらさないまま、なんとか辺りの様子を窺おうとする。

千裕がいるのは、黒檀《こくたん》を貝や金銀、瑪瑙《めのう》、翡翠などで飾った調度品に囲まれた部屋だった。その中央にある寝台に、横たえられていたらしい。

体に痛みなどはない。手荒な扱いは、受けていないようだ。

(どうして、俺はこんなところにいるんだ)

一人暮らしをしているマンションに、幼いころから慕っていた人が来てくれた。お茶を出して、そして……その後のことが、思い出せない。

(五島《ごとう》さんはどこに行ったんだ?)

心音は、早鐘のようだ。

でも、疑問を胸のうちで言葉にすることで、落ち着こうとする。そうすることで現実と向き合い、思考の糸口にするために。

「落ち着いたものだな」

男の声は、低いバリトン。クールな外見、変わらない表情とは裏腹に、蜜《みつ》が溶けたように甘かった。

「……そう、ですか?」

彼から目を離さないようにしながら、千裕は答える。

なるべく冷静に。

隙《すき》を見せないように。

相手を刺激しないように。

今の千裕にできることなんて、それくらいしかない。

(落ち着いて見える、か)

ほろ苦い気持ちになる。

千裕は、ただの大学生だ。

しかし、特殊な家庭環境だったため、こういう事態には慣れている。

慣れたくなんて、なかった。だから、家を離れていた。それなのに、また身の危険を感じる事態に陥《おちい》るとは、皮肉な話だ。

とにかく、状況を把握しなくては。

「俺の質問には、答えていただけませんか？」

「……渡月千裕。極東太平会の組長、渡月雄介《ゆうすけ》の一人息子。極道である父親とは縁を切り、現在一人暮らしの大学生。そうだな？」

「そうです」

すっと、千裕は乱れた呼吸を収めていく。

やはりこの男は、父親の関係者らしい。男の正体に少し近づいたのだと自分に言い聞かせ、冷静になろうとする。

（それにしても、俺のことをよく知っているじゃないか）

男の言葉どおり、千裕はヤクザの組長の一人息子だ。

しかし、武闘派の父のおかげで散々抗争に巻き込まれ、すっかり嫌気がさして、極道になることは拒絶した。

現在は家を出て、一人暮らしをさせてもらっている。

自分の気持ちを汲《く》んでくれた父親には、感謝している。

普段あまり会話をすることもなかったが、ここぞという時には、ちゃんと千裕を見てくれていた。

産後の肥立ちが悪くて亡くなった母親のことを今でも愛している、純愛の人でもあった。

千裕にとっては大事な父だが、敵は多い。だから父親は、密《ひそ》やかにガードをつけてくれていた。

それが五島勲《いさお》という男だった。

子供の頃から慕い続けている、大事な養育係だ。

カタギとしての千裕の生活を守るために、現在では表立っては接触してこようとしない五島が、珍しくマンションを訪ねてくれた。彼に会えたのは嬉《うれ》しかった。しかし、彼に会った後の記憶が、千裕にはないのだ。

（……五島さん、まさか……！）

落ち着いたはずの呼吸が、心音が、また乱れかける。

五島は、父の腹心だ。

幼い千裕のすべてを預けたくらいなのだから、その信頼のほどが知れる。

五島は義理堅く、誠実で、一本気な男だった。

そんな人だから、まさか、考えすぎだ、ありえない…と、否定の言葉ばかりが頭を渦巻く。でも、否定の言葉が浮かぶということは、心のどこかで非情な現実を受け止めているからだ。

今のこの状況に、五島が関わっていると！

「おまえは、五島勲に売られた」

「……！」

打たれたように、千裕は顔を上げる。

そんな言葉は聞きたくなかった。

事実を握り潰すように、拳に力を入れる。でも、わかっていた。自分は五島に一服盛られて、この男に引き渡されたに違いない。

久しぶりに五島と話ができるのだと、何一つ警戒しなかった。席を立った隙に、紅茶に睡眠薬でも入れられたのだろう。

口唇を一文字に結ぶ。

取り乱したりしたくない。

どちらかといえば柔和な、母親の面影が濃い顔立ちをしていると言われる千裕だが、荒事の中で育ったせいか、気が強いところはある。

否定はしていても、極道たりえる気性の激しさが、強いものをよしとする心が、根にはあるのだ。

（五島さんにだって、何か事情があるかもしれない。嘘や誤解だってありうる。落ち着こう……）

千裕は、大きく肩で呼吸する。

目の前の男は、五島を利用して、千裕の心を掻《か》き乱そうとしている可能性もあるのだ。

彼の言葉を、真に受けるわけにもいかないだろう。

本当は、泣き叫びたかった。

あんなに信頼し、慕っていた養育係に裏切られるなんて。そんな事実と向きあうのは、あまりにも辛い。

しかし、自分がいつのまにか、知らない男に引き渡されていたという現実をかみしめなくては、どう打開するか考えなくては、おそらく——命すら危うい。

（父さんは今、誰と揉《も》めていたんだろう。歌舞伎町《かぶきちょう》がどうのって、ニュースで見た気がするけれども……）

考えこんでいるうちに、顔が俯《うつむ》きそうになる。しかし、ぐっと顎《あご》に力を入れて、千裕は上を向き続けた。

少しでも弱気な素振りを見せたら、そのまま切り裂《さ》かれてしまいそうな気がしたからだ。

男のしなやかな指が、千裕の顎にかかる。

「いい顔だ。虚勢《きょせい》だとしても、たいしたものだな。さすが、極道の息子」

そろりと、男の指先が動く。千裕の顎のラインを辿るように。

「私の名は、京一黎《けいいちれい》」

彼は、自分の名前を日本風に発音した。

「京……」

すっと背筋が冷える。

「香港《ほんこん》の京家！」

「その通り」

「香港黒社会の盟主……ですね」

その名は、千裕さえ知っている。

父親と、新宿《しんじゅく》の覇権を賭《か》けて争っている香港マフィアだ。

白い指先は、どれほどの血に触れてきただろうか？

いや、この男は自らの手を血で汚すことなどないのかもしれない。命じるだけで、人の命を奪うことができるのだから。

「私の用件を、わかってもらえたかな？」

千裕は、かすかに頷いた。

「どうした？　表情が緩んだな」

触れられているせいか、千裕のわずかな頬の筋肉の動きも、一黎に伝わっているようだ。彼は眉根を寄せ、訝《いぶか》しげな表情になる。

「俺がここに連れてこられた理由を理解したんです。あなたは俺を盾《たて》に、新宿の利権を奪うつもりですね？」

一黎は、口の端を上げる。

「交渉材料として価値がある自分は殺されない……と判断したわけか。面白い。なかなか、頭が回るようだな」

黒檀《こくたん》よりも黒く、なまめかしく濡れているように見える黒い瞳が、千裕を大きく映した。

男の形がいい口唇が、すぐ側まで来る。息がかかり、体温が伝わるほどの距離。今にも触れそうだった。

「ところが、事情が変わった」

「どういうことですか？」

薄氷の上に立っているような心地だった。

一黎は、千裕に興味を示している。今すぐ手荒なことをする気配はないし、もしかしたら千裕の受け答えを気に入ってくれているのかもしれない。

でも、少しでもバランスを崩したら、負けだ。千裕はきっと、奈落《ならく》に落ちる。

今、千裕の命はこの男の手の内だった。

この部屋には自分たち以外の人間の気配はない。だからといって、安心はできなかった。

ここがどこかわからないのに、状況がはっきりわからないのに、無謀に逆らうほど千裕は愚かじゃない。

部屋からは出られないよう細工されているかもしれないし、物陰にはボディガードが潜んでいるかもしれないのだ。

生き延びるために、一黎と自分の間にある、今の空気を保たなくてはいけなかった。

この絶妙な距離を。

「おまえの父親は、殺されてしまった」

「え……」

さすがに千裕は動揺を隠せなかった。

(父さんが!?　まさか、そんな……)

全身が冷や汗をかく。

父親と最後に会ったのは、いつだろう。

確か、今月の生活費を渡してくれた時だった。

美味《うま》いものでも食べにいけと、少し小遣いを多めにしてくれた。笑い顔も見せてくれない人だったが、触れた指先は温かかった……。

（……嘘だ……）

千裕はとにかく、大きく深呼吸をしようとしていた。さもないと、取り乱してしまいそうだったからだ。

「極東太平会内部で、クーデターがあったようだ。新しい代表になったのは、左門《さもん》という男だ」

「……左門……。代表代行だ……」

家を離れた千裕だが、極東太平会の幹部の名なら、だいたいわかる。左門は極東太平会のナンバー2だ。貪欲《どんよく》な目をした男だった。

「前会頭は死んだ。それゆえ、おまえは煮るなり焼くなり好きにしていいというのが、今の極東太平会の意志だ」

一黎の言葉の意味は、すぐに理解できた。

千裕にはもう、人質としての価値がない。

今すぐ殺される可能性すらある。

身の危険は感じている。しかし今の千裕の頭は、父が殺されたことでいっぱいになっていた。

（……父さんが、死んだなんて……。裏切られたなんて……）

しかも、代行を任せるほど信じていた相手に。

そして、息子の養育係につけるほど見込んでいた相手にも……。

「五島は、現代表である左門からの使者でもあった」

一黎の口から明らかになることは、千裕にとっては辛いことばかりだった。

やはり、五島は裏切った。

そして、左門についた。

それでも、どうしても千裕は納得できない。

五島はそんなことをする男じゃない。

そんな男なら……きっと、惚れはしなかった！

胸が、ずきずきと痛んでいる。

これは恋なのか、それとも別の感情か。千裕自身にも、判然としない。でも、五島が大事な人だということだけは確かだ。

その大事な人が、律儀者とまで言われた人が裏切るなんてことが、どうして易々と信じられるだろうか。

(伝聞なんかで、納得できるか)

千裕と五島の間には、長く培《つちか》ってきた絆《きずな》がある。その絆は、五島を信じたいという思いの礎《いしずえ》でもあった。

千裕はきっ、と一黎を見据え、食ってかかった。

「五島さんに会わせてください。状況を知りたい」

「彼がおまえに会いたがると思うか？」

一黎はいぶかしげな表情になる。いくら子供とはいえ、何を馬鹿なことをと、言わんばかりの表情だった。

「たとえ、あの人が俺に会おうとしなくても、俺はあの人に会わなくてはいけないんだ」

千裕は一黎を押すような勢いで、たたみかける。

「このままじゃ、納得できない。俺は……！」

「五島のことよりも、これからの自分のことが心配にはならないのか？　役立たずの人質の末路が。たとえ五島が裏切っていようが、いなかろうが、おまえがこの私の手におちたという事実にはなんら変化はない」

真実を、無情に一黎が言い放つ。

役立たずの人質。その冷ややかな言葉は、的確に千裕の今の立場を表していた。

役立たずは、捨てられても仕方がない。

一黎には、千裕の無事を補償する義理なんてないのだから。

千裕の未来は、明るいものではない。

そんなことはわかっている。

知らなくてはいけないことは、他にもあるのだ。

「それ……は、気にならないと言ったら、嘘になります。でも！」

毅然《きぜん》と、千裕は反駁《はんばく》する。

「父が亡くなったことのほうが重要だ。それに、五島さんが裏切っているなんて、俺には信じられない」

「あいつは、左門の使者だった。鞍替えしたということだろう」

「でも、あの五島さんが裏切るなんてことは……」

心が激するあまり、震えが止まらない。

上手く言葉が出てこなかった。でも、とにかく千裕は、五島と会いたかった。この気持ちは、もはや理屈じゃない。

彼と話をして、彼の口から事態を説明されない限り、千裕は一歩も先に進めそうになかった。不吉で不幸なことばかりが、次から次へと頭に浮かんで、千裕をがんじがらめにする。

（……あなたが父さんを殺したんですか？）

それは最悪の想像だった。

自分を裏切り、中国の組織に売り渡した五島。彼は時を前後して、あの父を手にかけたのだろうか。

五島の一本気をどこまでも愛していた父を。

怒りと、悲しさ、悔しさが、もつれた糸のように絡《から》みあっている。父の無念を思えば、涙が溢《あふ》れそうだ。

感情的に事に当たれば、失敗する。そんなことはわかっているはずなのに、自分の暴走が止められそうになかった。

薄皮一枚の理性で、なんとか虚勢を保ってはいるものの――。

「あの人は……、五島さんはどこです」

繰り返し、千裕は言う。

左門の使いで五島がここに来たというのであれば、まだ同じ建物のどこかにいる可能性はある。そうであれば、直接五島を問いただすことができるだろう。

「知ってどうする」

「会いたい。会って、話をしたい」

千裕に迷いはなかった。

五島の声を、言葉を聞きたい。

そして、一黎の言葉の真偽《しんぎ》を確かめたかった。

どうして、千裕を、父を裏切ったのか、この耳で聞かずにはいられなかった。

（俺が知りたいのは、真実だ）

眼差しで訴えかけると、一黎はほのかに笑った。

「あの男は、もういない」

「どういう意味ですか」

強張《こわば》る頰に、一黎の指先が触れる。彼はどうやら、千裕の肌の感触を気に入ったようだ。愛撫《あいぶ》にも似た、なまめかしい手つきをしていた。

「おまえに会っていくかと尋ねたが、そのつもりはないと言っていた」

一黎は、すっと目を細める。

「そして、日本に帰っていったよ」

「日…本……？」

その言葉が、引っかかる。

（まさか……!?）

足下がぐらついた。自分が立っている地面が何か、さっぱりわからなくなってしまった。

「そう、日本だ」

さすがに、千裕は動揺を隠せない。

「日本に帰ったって……。じゃあ、ここはどこだって言うんですか!?」

「知りたいか」

一黎は、うっすら笑みを浮かべる。残酷なまでの美しさで。

彼が軽く指を鳴らすと、どこからかメイド姿の少女たちが現れた。その少女たちは音も立てず、窓を覆っていたカーテンを開いていく。

一黎の肩越しに、光の洪水が飛びこんできた。

「……！」

千裕は目を見開いた。

窓の外に広がるのは、目を奪うほど煌《きら》びやかな夜景だった。テレビや雑誌で何度も見たことがある……。

（ヴィクトリア・ピーク!?）

驚きのあまり、とっさに言葉も出ない。

世界的に有名なその景色は、間違いようもなかった。

千裕は呆然《ほうぜん》と目を見開く。

網膜に、目映《まばゆ》い夜景が焼き付くような錯覚すら感じていた。

「……ここ、は……香港です…か……？」

確認するまでもない。そう思いつつも、千裕は問いかけずにはいられなかった。

支配者の余裕を頬に浮かばせ、男は言う。

「私の街だ」

この夜を統べる男は嘯《うそぶ》いた。

千裕は意識がないまま、車椅子に乗せられ、五島の手で香港に連れてこられたそうだ。パスポートまできちんと用意されていたというから、笑ってしまう。

(信じられない……)

一人っきりにされた千裕は、窓の外を見つめていた。

慣れ親しんだ東京《とうきょう》の街ではない。外に広がるのは、紛れもなく異国の景色だ。

自分は、五島に裏切られて、ここに連れてこられた……。

無言で、千裕は外国に連れてこられたのだという現実を、咀嚼《そしゃく》しようとした。でもやはり、五島に連れてこられたという部分を受け入れるのは、感情が拒絶する。

(香港にいるのは、間違いないのだろうけど……)

ヴィクトリア・ピークの夜景を睨みつけながら、千裕は考える。

一黎は、千裕を一人、部屋に残した。

逃げるな、とも何も言わなかった。それは、彼の自信を表しているようだった。どうせ逃げられやしない、と。

当面、一黎は千裕を殺すつもりはないようだ。食事の用意をさせるとも、言っていた。しかし、今は食事なんて喉《のど》を通りそうにない。

(父さんは、母さんのところに行ってしまったんだろうか)

自分が外国にいるということ以外は、何もかも一黎からの伝聞情報にすぎない。でも、その情報が嘘だと言い切れるだけの材料はない。

少なくとも、千裕が意に添わず、海外に連れてこられたのは確かだ。

その時点で、ただならぬことが起きているのは理解している。こうして千裕が拉致《らち》された以上、千裕の保護者である父の身になにかあっただろうというのは、推測に難くなかった。

父が無事であれば、千裕が拉致されたまま放っておくとは思えない。きっと、ありとあらゆる手で助けてくれようとするはずだ。

(……父さん)

泣けそうで泣けない。悲しいよりも、怒りと疑問のほうが大きい。

父が亡くなったということは、何かの間違いであってほしいと思う。

この目で、耳で事実を確かめたい。

そして、五島に問いたい。

彼の行動の理由を。

(五島さんの目の前で、俺が意識を失ったのも、確かなんだ)

偽りの記憶を植え付けられていない限り、自分の身に起こった異変については、千裕は五島を疑うしかない。

だからといって、落ち込んではいられない。

千裕には、やらなければならないことがある。

一黎のもとから、生きて日本に帰ることだ。

そして、父の安否を知り、情報を集め、五島に話を聞きたい。これだけ、行動すべき材料があるのだから、感情にまかせて、泣いたり怒ったりしている場合ではないだろう。

(一黎は、左門と手を結ぶのかな? 俺は……どうするべきだろう)

きりっと口唇を嚙みしめ、千裕は窓に映った己の姿を睨みつけた。

絶対に弱気になんてならない。

負けない。

泣くのは、ここから出た後でいい。

(俺はヤクザになるつもりはなくて、父さんとは縁遠い生活をしていた。でも……。父さんの息子だ。泣き寝入りだけはしない)

父の勇名を辱《はずかし》めるつもりはない。

今まで千裕が意識したこともなかったプライドが、心の中で頭をもたげはじめる。

自分にこんな強い感情が隠れていたなんて、今まで千裕は知りもしなかった。

(もしも父さんが……、父さんが無念を抱えて逝ったというなら、俺は必ず敵《かたき》をとる!)

決意をこめて、千裕は拳を握り込んだ。

絶対に諦めない。

そう、千裕は自分自身に誓った。


一黎は、千裕の処遇を決めかねているようだ。幽閉されて三日経つが、何もされない。出される食事も豪勢だ。

ただ、部屋から出ることはできない。扉は鍵で閉ざされているし、部屋の外には見張りがいる気配もある。

ここは、香港だ。どうせ千裕は、強引に扉を破るつもりはなかった。そんな軽率なことをして、一黎を刺激したくない。

生きているだけで儲けものなのだから。

自分が生かされているのは、一黎の気まぐれだということを、千裕はよくわきまえていた。だから、彼を刺激することを避けつつ、命をつなぐことを考えるしかない。

勿論、時間が経てば経つほど、追い詰められていくことには変わりない。ここから出る好機は、きっとささいな偶然しかないだろうとも、千裕は思っていた。

その好機は、どう作ればいいのだろうか。

(……一黎本人に気に入ってもらえれば、どうにかなるかもしれないけど……)

一黎は初日以降は顔を見せない。

価値のない人質になど、興味はないということだろうか?

しかし、生かされている以上、持てあまされてはいないのだろう。

(俺が価値のない人質だというのなら、価値のある人質になればいいんじゃないか?)

そう思いはするものの、どうしたら自分の命に、一黎にとっての価値が生まれるのかがわからない。

父が亡くなったというのなら、千裕はすべてを失ったも同然だ。

家から離れていたとはいえ、いかに自分が親がかりで生きてきたのか痛感する。

(後に残るのは、俺自身だけか)

掌を、じっと見つめる。

この手で、いったい何ができるだろう？

一黎に、千裕を生かしたほうが得になると、どうしたら思ってもらえるのか。

一黎は香港の黒社会の人間だ。彼の京家にとって、日本は市場のはずだ。それゆえに、千裕の父と対立した。

（でも、あの人を味方にすることができれば、話は変わるかもしれない）

千裕は、美しい一黎の面差しを脳裏に浮かべた。

今の千裕の生命与奪権は、一黎が握っている。彼は千裕の父と敵対していて、いわば敵との交渉材料として千裕をさらったのだ。

だが、その前提は覆《くつがえ》されている。

千裕の父は死に、一黎にとっての千裕は、敵の身内ではなくなった。

つまり、役に立たない人質だ。

だが、すぐに殺す必要もない存在だった。

マイナスでもプラスでもなくなってしまった千裕の存在意義を、どうにかプラスに変えられやしないだろうか。

（考えようによっては、敵との交渉材料と思われていた時よりは、俺の立場は有利になったはずだ）

千裕は希望を見いだすことで、平常心を取り戻そうとしていた。

そして、気がつく。

どうにか、自分に付加価値をつける方法を。

（もし……。もしも俺が父の跡を継ぎ、極東太平会の会頭になって彼に協力するとしたら、極東太平会が京家と手を結ぶとしたら……、一黎にとって、プラスにならないだろうか）

その考えは、今までの千裕のすべてを否定するも同然だった。

父の敵をとり、極東太平会を掌中に収める。その上で、一黎と組んでビジネスをする。あれだけ否定してきた、極道の道を選ぶのだ。

（左門と……、もしかしたら五島さんと対決することになるかもしれない。でも、左門が組を乗っ取ったというのなら、組織の内部は混乱しているはずだ。反対派には旗頭が欲しいだろうし、そうなると父さんの息子である俺は、うってつけの存在になるはずだ。俺が名乗りをあげれば、左門の反対派は担ぎ上げてくれるんじゃないだろうか）

千裕は、とても身勝手なことを考えている。

これまで極道にそっぽを向いてきたくせに、ここに来て歩みよろうとしているのだ。

生きたいあまりに、今までの主義主張を引っ込めるなんて、プライドがなさすぎるだろうか？

しかし、自分からすべてを奪った力の論理に対抗するには、己も力を持つのが一番早い道としか考えられなかった。

それに、潔く死ぬことが美学とは、今の千裕は思えない。

(俺はまだ死ねない)

真実を知りたい。

父の安否を。

五島の本心を。

五島は裏切ったかもしれない。でも、なにか理由があるかもしれないし、ないかもしれない。

(……戦ってやる)

ただの大学生である千裕に、何ができるかわからない。

でも、死にものぐるいになって、この状況を打開する。

力で奪われたものは、力で取り返してやる!

「怖い顔をしてるじゃないか。美人が台無しだぜ?」

陽気な口調だが、少しイントネーションに癖のある日本語で声をかけられ、千裕ははっと顔を上げた。

振り返れば、見知らぬ男が部屋に入ってきていた。

目が覚めるような金髪と、空の色の瞳の持ち主。洒落《しゃれ》たスーツを、嫌味なく着こなしている。肩幅があって、胸板も厚いのだろう。長身で、身幅が厚い。見事な逆三角形の体格をしているようだ。年は、一黎よりも少し下か。

明るい色の瞳をしているわりに、その眼光の鋭さはただ者じゃない。

一黎の氷のような冷たさとはまた別の、独特の迫力を感じた。

「……どなたですか？」

「ミケーレ・カゼッラ。京家の客人だ」

名乗った男は、にやりと笑う。表情のひとつひとつが一々気障《きざ》だが、驚くほど似合っている。少し下がった目尻が艶っぽい、色男だ。

「御曹司の遊学というヤツさ。若いわりにはやり手な、京家のボスのやり口を見てこいって言われたわけ。だけどさ、香港マフィアとシチリアマフィアじゃ、手法が違いすぎてさ。参考にしろって言われてもね」

「シチリアマフィア……」

千裕は息を呑《の》む。

一見すると陽気なイタリア男そのものだが、彼もまた裏社会の人間ということか。

「香港での夜遊びも悪くないんだけど……。退屈しすぎて、君の顔を見に来ちゃったんだよ。あの一黎が、処遇を考えこんでるって噂《うわさ》のお客さんのね」

ミケーレは千裕に近づいてくると、無遠慮に顎に手をかけた。

「綺麗《きれい》な顔をしてるじゃないか。君はジャパニーズマフィアの跡取り息子だったんだって？ 親父さん死んでなかったら、この美人がマフィアのボスになっていたってわけか。すごいな。日本はパラディーゾか？」

陽気に、そして軽い感じで、よくしゃべる男だ。しかし、その言葉を、そのまま受けとることができるかどうかは、わからない。

いつのまにか、千裕の心には、他人に対しての強い警戒心が生まれはじめていた。

「俺に、何かご用でしょうか」

つとめて冷静に、千裕は問う。

「一黎が気に入っているらしいジャパニーズビューティの顔をおがみに来たんだよ。想像以上だ」

ミケーレは楽しげだ。

「この滑らかな白い肌、神秘的な黒い瞳、通った鼻筋、気の強そうな口元……。美の女神ウェヌスっていうよりは、知の女神ミネルウァの美だな。知的な潔さを感じる。あ、ミネルウァって何かわかるか？ 知恵と戦いの女神のことだ」

まったく、よく回る口だ。

顔を近づけてきたミケーレは、一段低いトーンで囁いた。

「魅了される」

「……っ！」

千裕は目を見開く。

口唇を……奪われた？

千裕の口唇はいまだ無垢《むく》だった。それを、ミケーレはあっさりと奪っていった。

奪われたこと自体は、衝撃ではなかった。でも、鮮やかなキスは、あまりにも印象的で、千裕の心を動揺させる。

男らしい口唇は肉感的だった。そして、焼け付くように熱い。からかっているだけのくせに、情熱的な振りが上手かった。

「……なんの真似です」

動揺を隠せないまま、呆然としながらも千裕は問う。

こんなことをされるなんて、まったく予想外でしかなかった。

「可愛《かわい》いな。顔をこんなに赤くして……。初めてだったのか？」

口唇を離すと、ミケーレはくすりと笑った。

そして、もはや千裕は自分の獲物だと言わんばかりの手つきで、頬を撫《な》でてくる。

千裕は、ふいっと顔を背ける。

いくら離れていたとはいえ、生家が特殊な環境であることには変わりない。千裕は必要以上に親しい人間を作らないように生きてきた。

だから、恋人もいない。

なにより、五島への淡い慕情もあった。五島とキスをしたいだなんて、考えたことも望んだこともなかった千裕は、もしかしたら奥手に分類されるのだろうか。

一夜の遊びを楽しめるほど、さばけた性格でもない。だから千裕は、キスも、当然セックスも未経験のままだった。

ミケーレのような、いかにも遊び馴《な》れた男とは違うのだ。

だから、キスで動揺しても仕方がない。

もちろん、そんな事情を詳らかに説明するつもりはなかった。千裕はただ、頬のほてりが早く冷めることを祈りながら、押し黙ることしかできなかった。

「男の楽しみも、女の喜びも知らないのか」

からかうような問いかけに、答える義務は感じない。千裕の顔を覗《のぞ》きこむ、ミケーレの眼差しをうるさくも思った。

千裕は口唇を噛みしめる。

「勿体ないな……」

しみじみと、ミケーレは呟《つぶや》く。

「なっ、や……め…！」

腰をぐっと強く抱き寄せられ、千裕は慌てた。

いつのまにか、たくましい男の腕に閉じ込められてしまったのだ。

「離してください。何の真似です！」

千裕は慌てる。

ミケーレのやることなすことが突飛なさすぎて、どうしたらいいのかわからなかった。

「一黎は、ビジネスにしか興味がない、つまらない男だ」

ミケーレは、見た目通りたくましい男だった。千裕が少しくらい抵抗したところで、拘束はほどけない。

彼は千裕を、易々と抱き留める。

「さすがに君を殺すのは惜しいと思っているのかもしれないが、役に立たないとわかれば、あっさりと処分するだろう」

処分という単語の冷たさに、千裕は思わず息を呑む。

ミケーレは千裕の反応を引き出したことで気をよくしたのか、小さく喉奥で笑った。

「……その前に」

「……うっ」

尻《しり》を摑《つか》まれ、強く揉《も》まれる。

きゅっと上に摑み上げられると、奥の孔《あな》が引きつれるようだった。尻の肉が隠してくれているその場所が露出させられたような感じがして、とても千裕は心許なくなった。

(な、に……?)

なぜ、こんなに不安になるのだろう。

もちろん、こんなことをされるのは、生まれて初めてだ。痴漢《ちかん》みたいだ、というべきか。

(でも、俺は男で、ミケーレだって男なのに)

五島に慕情を寄せていても、欲望を抱いたことがない。そんな千裕は欲望というものに無知すぎて、そのときは同性の欲望の対象になるということが、ぴんと来てなかった。

戸惑う千裕の耳元で、ミケーレは囁く。

「俺が、女の喜びを教えてやる」

ミケーレの言葉を、千裕は理解できなかった。でも、馬鹿にされたような気がして、思わず反駁《はんばく》していた。

「俺は男です!」

「……だから、俺が女にしてあげるよ」

ふふっと、ミケーレは笑みを漏らす。

「なにを、わけのわからないことを……」

「いい子にしてろよ。楽しめるようなら、助けてやらないこともないからさ」

千裕の頬や顎に口唇を這《は》わせながら、ミケーレは言う。

「……っ」

千裕は、はっとした。

八方塞がりの中、希望に満ちた言葉は、スルーすることなんてできなかった。

思わず千裕ははっとして、ミケーレを見つめる。

視線が合うと、ミケーレはにやりと笑った。

「君が俺の愛人にふさわしいようなら、イタリアに連れ帰ってあげるよ。だから、おとなしく可愛がられてるといいよ」

「愛人……、俺が？」

「そう。……悪い話じゃないだろう？　ここから生きて出られるんだから」

そんなこと、考えてもみなかった。

千裕は呆然とする。

女ともつきあったことがないくらいだ。肉欲を伴う慕情すら知らない。自分が誰かの、しかも同性の愛人になるなんてことは、千裕の頭の片隅にも浮かぶはずはなかった。

「君は魅力的だよ」

逃げようとする千裕の顎を、ミケーレは捉える。逆らうことを許さない、力強い指先だ。この男が、単なる陽気な遊び人ではないことを、その傲慢《ごうまん》な指が告げている。

魅力、という言葉に心が動いた。

一黎には、価値がないと一刀両断された。

無価値なことが、千裕の立場を危うくしている。

しかし少なくとも、ミケーレにとっての千裕には価値があるのだ。

この顔が、体が。

すべてを奪われた千裕に、たった一つ残ったものである、自分自身が。

(俺自身が、俺の財産……。武器になるんだ)

ごくりと、喉が鳴る。

そんなことを、千裕は今まで一度も考えたことはなかった。

未知の世界を、知ってしまった気がする。

そして、希望を。

もしかして、チャンスなのだろうか。

たとえ愛人にされたとしても、香港から生きて出られる。

生きていれば、いつか日本に戻ることができるかもしれない。

真実を知ることができるかもしれない……！

(そのためなら、プライドなんていらない)

男とのセックスがどんなものかなんて、千裕は知らない。

でも、たとえ屈辱に感じようと、嫌悪を抱こうと、これが唯一の生きるすべだというのなら、耐えられる。

耐え難くとも、耐えてみせる。

千裕は、覚悟を決めた。

今の千裕には、ミケーレに与えられた以上の希望は見えなかったからだ。

「いい子だ。君は、物わかりがいいらしいな」

ミケーレは、千裕の表情から、気持ちの変化を読み取っているらしい。甘ったるい声で、千裕を褒める。

「君の容姿は百点満点だ。頭の回転が速いのも、悪くない。あとは、ベッドの中でのお行儀だけだな。これぱかりは、実地で試してみないことにはね」

ミケーレは、口の端をつり上げる。

彼はちらりと、視線をベッドに向けた。

「何も難しいことを言うつもりはない。俺に可愛がられ、楽しませてくれるだけで十分だ。強姦《ごうかん》は趣味じゃない。逆らわれると、興ざめなんだよ」

支配者の貌《かお》で、男は笑う。

冗談めかした彼の言葉に、千裕の背中にはひやりと冷たい汗が伝った。

甘い声で、優しいトーンの誘惑者。だがその言葉の中には、誰もが自分に従って当然なのだと考える、傲慢さが滲《にじ》んでいた。

(生まれついての支配者……)

一黎の冷たい表情を、千裕は思い出していた。

一見すると、彼とミケーレはタイプが違う。しかし、支配者である自分を当然だと考えているという意味で、似た者同士なのだ。

逆らえば、ミケーレはすぐさま千裕を見捨てるだろう。

彼が千裕に迫ってきたのは、気まぐれな興味でしかない。千裕の容姿に惹かれるものがあったのは確かだろうけど。

(気まぐれだってかまわない)

千裕は、決断した。

ミケーレのたくましい肩に、千裕はそっと手を置く。

この男に賭ける。

セックスを売り渡すことで助かるなら、愛人にでも娼婦にでもなってやる。生きるという目的の前には、些細なことだ。

たった一つ残った財産を利用して、いったい何が悪いのか。

(好きでもなんでもなくても、セックスくらい……できる)

好き、という言葉を心の中で呟いた瞬間、脳裏に五島の面影がよぎった。

胸を切り裂かれたと錯覚するほど、強烈な痛みを感じる。

好きだ。

好きだった。

あの養育係が、千裕は好きでたまらなかったのだ。

(でも――)

優しい記憶と面影を振り払う。

千裕の中に、冷たく固い意志が生まれようとしていた。

噴《ふ》き出た激情がマグマのように固まり、心を覆っていく。そして、心の中でこれまで培われてきた、温かい感情を覆い尽くしていった。

「……どうしたら、俺はあなたに可愛がってもらえますか？」

震える声を押し殺すように、千裕は問う。

賽《さい》は投げられた。

ミケーレの肩口に縋《すが》るように、指先に力を込める。

目の前の男は希望だ。

絶対に、逃せない。

「物わかりがいいじゃないか」

満足したように、ミケーレは口の端を上げる。

「じゃじゃ馬を優しくあやして落とす手間を惜しむほど、俺はせっかちな男じゃないからね。そこまでおとなしくなる必要はないよ。何も、君が特別な気構えを持つ必要はないよ」

ミケーレは千裕の頬を撫で、そして口唇を重ねてきた。

千裕の口唇は、じわじわとミケーレの味を覚えはじめる。

「初めてなんだろう？　男に抱かれることなんて、考えたこともなかったって顔をしている」

どう答えればいいのだろう。

思わず黙ってしまったのは、からかわれていることが不快だったわけじゃない。千裕が考えていたのは、自分が何を言えばミケーレを喜ばせられるかということだった。

ミケーレに、気に入られたかった。

彼に飽きて捨てられないように。

……いざというときに、裏切られないように。

体は震えている。

頬は強張り、ぎごちなく微笑《ほほえ》みを浮かべることすらできやしない。

それでも千裕は、考えなくてはいけないのだ。

考え、行動することを選ぶ。

どうしたら、生き延びられるか。

そのために、何をすればよいか。

(もう迷わない)

冷たいものが、心を完全に覆い尽くす。内側がどんなに荒れようと、その荒ぶる気持ちが表に伝わることはない。

「俺は、どうやってあなたを喜ばせればいいんですか?」

「いいな、積極的なのは嫌いじゃない」

ミケーレはほくそ笑む。

「でも、初々しいのも嫌いじゃない。そんなの、最初のうちだけだしね。君が、ここに男を受け入れるのに慣れるまでの間の話……」

まるでからかうかのように、ミケーレは千裕の尻の狭間をまさぐった。

「……っ」

千裕は、つい顔を顰《しか》めてしまった。

衣服の上からとはいえ、他人にそんなところを触られるのは初めてだ。

体が竦む。

その場所に触られるのは恥ずかしいし、そして怖さも感じた。

「緊張しているな」

楽しそうに、弾む声。

遊び慣れた男は、千裕の初心な反応をたっぷり楽しむつもりだ。

「……は、初めてだから……です」

「ここは？」

尻をまさぐっていた手が、性器へと移る。そこの形を確かめるように掌で包みこまれ、ぐっと千裕は口唇を噛んだ。

「何？　ここを触られるのも初めてか」

「……初めてです」

か細い声で、千裕は呟く。

「遊びでだって、そんなところは……誰にも……」

ミケーレは、楽しげに口笛を吹いた。

「それは楽しみだな。俺のやり方を、教えこめるというわけか」

「あ……っ」

股間《こかん》をつっと指がなぞったかと思うと、ファスナーを下ろされる。下着の中に手を入れられ、ひっと千裕は息を呑んだ。

「まだ柔らかいな。ここの楽しみ方から教えないと駄目かな……。面白い」

「……ん、あ…っ」

するりと根本に絡みついてくる指を、どうしても意識してしまう。呼吸が乱れた。男の手に包まれたものへ、体中の神経が集中しているかのようだった。

他人に触れると、こんなに感覚が鋭敏になるとは。そんなことも、千裕は初めて知った。

このまま千裕は、全身をミケーレに触られて、快楽というものを学んでいくのだろうか。

（……そうして、この男のものに……）

愛人となり、香港を出る。

イタリアに家でも与えられ、そこに囲われるのだろうか。

（……駄目だ、それじゃあ）

自分が欲しいのは、安住の地ではない。

真実だ。

そのためには、日本に戻ることが必要だ。

ミケーレは、ねだれば日本にくらい連れていってくれるかもしれない。ケチな男ではなさそうだし、甘やかすという楽しみ方を知っているという口ぶりだ。

しかし、千裕の真の望みは、それでは果たされないような気がする。

（……そうだ、俺は安全なところに逃げたいじゃない。戦ってやるんだ。だから、戦うための力がほしいんだ……！）

囲われて手に入れる、偽りの平和なんていらない。

もしかしたら、千裕が望んでいた平穏な暮らしが、歪んだ形で手に入るかもしれない。それでも、喜んで捨ててやる。

「ミケーレ」

千裕は顔を上げ、ミケーレの美しい瞳を見据えた。

「俺は、あなたにとっては価値がある人間だと思っていいんですか？」

「ん？　……ああ、そうだ」

何をそんな改めて、と言いたげな表情をミケーレはしていた。

千裕は毅然《きぜん》とした態度で、言葉を畳みかける。

「それならば……、俺という人間を、もっと高く買ってください」

千裕の瞳を、ミケーレの視線が探る。

「もうおねだりか。何が欲しいんだ？」

「……極東太平会」

本当に欲しいものは、それじゃない。

しかし、千裕が欲しいものに、真実に辿りつくためには必要なのだ。

すべてを掌握し、自分や父の身に何が起こったのかを確かめる。五島が何を思い、何を為したのか、必ず知ってやる。

（そのために、生きる）

目標を抱かなければ、生きることを投げ出すほうが楽だと思ってしまったかもしれない。でも、千裕は違う。あがくと決めた。

「俺は、それ以外何もいらない」

ミケーレは目を眇める。

そして、小さく吹き出した。

「大きく出たな。君をバックアップしろというのか」

「あなたは、とても日本語が堪能だ。それだけ、日本に関心を持っているということですよね。日本の組織を手駒にするというのなら、俺を利用すればいい」

茶化そうとするミケーレに対し、千裕はどこまでも真面目に食い下がる。

「俺は、役に立ちます。左門よりも、極東太平会を乗っ取った男よりも、ずっと……！」

「……なるほど、面白い」

ミケーレは、獲物を狩る獣の眼差しになった。

「君は、想像以上の逸材だな。その胆力、買ってやってもいい。面白そうだ」

快楽の僕《しもべ》であることを楽しんでいる男は、あっさりと頷いてくれた。

千裕は、表情を輝かせる。

掛け値無しに、嬉しかった。

「ありがとうございます！」

「そんなに簡単に、俺の言葉を信じていいのか？」

皮肉っぽく尋ねてくるミケーレに、千裕はしっかりと頷いてみせた。

「俺は、すべてを失いました。そんな俺にとって、もうこの体で得ることができるものしか残っていない」

つとめて冷静に、千裕は言い放つ。

「だから、今の俺はあなたを信じるしかない」

「裏切られたら?」

「その程度が俺の代価ということだと思うことにします。でも、あなたはつまらない相手に関わらない人だと、信じています」

どこまでも、千裕は気丈に振る舞ってみせる。

自分でも、こんな強さを持っていたなんて意外だった。

土壇場で、千裕は知らなかった自分の一面を知ってしまった。

千裕は伸びをして、自らミケーレに顔を近づける。

彼と契《ちぎ》るために。

(これがスタートだ)

震えそうになる自分を鼓舞するように、何度だって己に言い聞かせる。

愛人になる。

ヤクザになる。

それらはみんな目的ではなく、ただの手段だ。しかし、千裕のすべてを変えてしまうものだった。

これまでの自分と決別する儀式のように、千裕はミケーレと口づけをかわそうとした。

密やかな盟約。

ところが、その時。

部屋の扉は音もなく開いていた……。


「人の屋敷で、何をしている」


突き刺さるような冷たい声が、辺りに響いた。

（……しまった……！）

千裕は表情を強張らせる。

一黎が現れたのだ。

「……なんだ、いいところだったのに」

口唇に笑みを浮かべ、ミケーレはふてぶてしく笑う。千裕の体を、彼は放そうとはしなかった。

それどころか、これ見よがしにまさぐってみせる。

「……っ」

千裕は思わず、声を震わせた。

「それは私のものだ」

一黎は静かな足取りで近づいてくると、千裕の肩に手をかける。

ミケーレに比べれば細身の一黎だが、力は案外強い。指が肩にきつく食い込み、千裕は表情を強張らせた。

(なんて間が悪い)

ミケーレと内通しようとする、現場を押さえられたのだ。余計なことをしたことで、一黎を刺激してしまった可能性がある。

最悪の場合、殺される……?

(待て、考えるんだ。……そうだ、考えろ。怖じ気づいている場合じゃない)

この場を、どう切り抜けるべきか。

どうすれば一黎をかわせるか。

(いや、味方にできるか?)

千裕の肩を捕まえた指先の力は、思いがけず強い。

彼はひょっとしたら、千裕が思っているよりも、関心を持ってくれているのだろうか。

そう、一黎は千裕を殺さない。

生かしている……。

（俺に、人質としての価値はない）

ごくっと喉を鳴らし、千裕は一黎を見上げた。

（……でも、一黎にとっての、俺自身の価値は……？）

千裕はミケーレの首筋に絡めていた腕を解いた。

名残おしげに、その首筋を指でさすりながら。

（ミケーレだって、一黎が俺の処遇を決めかねているから興味を持ったようなことを、言っていたんだ）

千裕は出し抜けに自分のシャツの前に手をかけ、そのまま力任せにはだけさせる。指が震えているから、そうするしかできなかったのだ。

小さなボタンが飛び、頬に当たる。

でも、千裕は気にしない。

瞳は、真っ直ぐ一黎に向けたままだ。

一黎の墨で描いたように細い眉が、かすかに動いた。

動揺している。

一気に畳みかけるように、千裕は微笑んだ。

上手く笑えたか、わからない。

でも、自分の精一杯の……誘惑の表情を作る。

決して、媚《こ》びを売るのではなく、毅然と。

「あなたも、俺を買ってくれますか？」

挑発するように、千裕は自身の平らな胸に指を這わせる。

性を強調するように、乳首へと。

拙《つたな》い挑発だが、二人の男の目が千裕に釘付けになった。そのことが、千裕を勇気づけてくれる。

（大丈夫、俺には価値がある）

あまりにも突飛のないことをしているから、一黎にせよミケーレにもせよ不意をつかれ、つい食いついてしまったということかもしれない。

でも、それでも構わない。

この男たちを、千裕のものにできるなら。

千裕の糧、そして武器にできるのであれば、千裕に惜しむものなんて何もない。

「この体で、俺が奪われたものを取り返してくれますか」

「おいおい、千裕。それはないだろ。俺の立場はどうなるんだ？」

呆れたように、ミケーレは言う。

しかし、それはポーズに過ぎない。彼は明らかに、楽しんでいるようだった。いまだ、千裕の腰に腕は回ったままで、指先はいやらしく、千裕の脇腹を撫で回しているのだから。

千裕の態度に、ますますそそられているのだ。

「俺は本気です。……力が欲しいから」

凛《りん》とした声で、千裕は言う。

「力で奪うのがあなたたちの世界の流儀だというのなら、奪われたものを力で取り返す」

「我々の力で、か」

一黎は、皮肉っぽく笑う。

「違います。俺の体の対価として得る、あなたたちの力です」

一黎は、無言で千裕を見つめる。

やがて、クールな面差しに、うっすらと笑みが浮かんだ。

高慢《こうまん》極まりない、帝王のごとき表情。一黎はその表情のまま、千裕をミケーレから引き離すと、ベッドへ突き飛ばした。

「……っ！」

ベッドのスプリングは、千裕の体を柔らかに受け止める。しかし、さすがに驚いて、千裕は小さく息を詰めた。

「この私を、道具にするつもりか」

一黎は、なんて他人を蔑むような眼差しが似合うのだろう。そして、こんな時の表情が、なぜ神々しいまでに美しいのだろうか。

「取引です」

毅然と、千裕は一黎を見つめた。

「おまえは娼婦か」

「違います。……でも、俺には他に差し出せるものがない。この体しか、ないんだ」

それは、偽らざる千裕の本音だった。

「けれども、俺が極東太平会の会頭になれたら、あなたたちの利益になるように働いてみせる。たくさんのものを、あなたたちに返す」

一黎は鼻で笑う。

「どうやって？　おまえは、裏社会と距離を置いていたはずだが」

「今はわかりません。あなたの言うとおり、俺は未熟だ。……でも、俺は正面切って戦うほうを選ぶ。もう逃げない！」

叫ぶように、千裕は訴えた。

ぴんと部屋の空気が張り詰めた。

どうせ、一黎を味方につけられなければ、ここを切り抜けることはできない。

千裕は捨て身だった。

なんの策もないまま、マフィアのボスと取引している。恐ろしい男たちの前に、丸裸で立っているも同然。怖くないはずはない。けれども千裕は、もう後戻りができないのだ。

だから、前に進む。

這いずろうと、みっともなかろうと。

ミケーレは笑みを浮かべたまま、千裕を見つめていた。

手出しも、手助けも、するつもりはないようだ。

千裕は今、ミケーレにも一黎にも試されている。

この男たちは、千裕に関心があるかもしれないが、決して愛してくれているわけじゃない。

うぬぼれてはいけない。

千裕の命は、薄氷の上に乗っているのだ。

だから全身で、今ある唯一の千裕の財産で、彼らを惹きつけなくてはならない。

面白そうだから生かしておいてやろうでも、嬲《なぶ》り者にしてやろうとでも、どんな理由だってかまわない。彼らの歓心を得られたら、千裕の勝ちだ。

生きて日本に戻る。

極東太平会を取り戻す。

真実を知る……。

その目的以上に大切なものが、どこにある？

「……いいだろう」

一黎は目を細める。そうすると、冷厳とした面差しに、さらに酷薄さが加わった。

「おまえの覚悟を、試してやろう」

「なんだよ、一黎。珍しいな。君も千裕を気に入ったのか？　でも、この子は俺のところに来ると言ったのに」

ミケーレは、ちらりと千裕を一瞥《いちべつ》する。

「おねだりは、自分一人にしてくれるから可愛いものなんだぜ。わかってないなあ」

責めるような言葉に、少しだけ千裕は動揺する。でも、注意深くミケーレを観察してみる。

ミケーレの不興を買ったのだろうか？

いや、彼の目はいまだ千裕を見ている。

千裕は怖じ気づきそうになる自分を叱咤《しった》して、ミケーレに答えた。

「じゃあ、教えてください。あなたに可愛がられる方法を」

笑って答えて、千裕は一黎を振り向いた。

「そして、あなたは試してください。俺の覚悟を……」

にっこりと、千裕は微笑んだ。

「俺は、あなたたち二人の、どちらもが欲しい」

二人の男たちの前に、体を差し出す。

平気でやっているわけじゃない。

自分が何をされるのかわからないから、怖くてたまらなかった。

緊張で、呼吸一つするにも神経を使う。ぴりぴりと皮膚《ひふ》が張り詰めるような感覚が、千裕の全身を這い回る。

「要するに、一黎も俺も咥《くわ》えこんで離したくないってわけか。二股《ふたまた》掛けると言い切るとはね。傑作だ。面白い!」

ミケーレは、くくっと喉の奥で笑った。

「最高だな、君は! 処女のくせに、たいした度胸だ」

ベッドに乗り上げたミケーレは、千裕の頬に触れた。

「震えているくせに」

「……」

「強がりを言うのが、精一杯かな。演技はあまり、上手くない」

否定はしない。

でも千裕は、真っ直ぐにミケーレを見ていた。

彼の手が千裕のシャツを剝《は》ぐだけでなく、下半身を丸出しにしようとも、逃げるつもりはなかった。

全裸にされ、ベッドの上ですべてをさらけ出すことになっても、千裕は耐えてみせる。

(見られる……)

羞恥心《しゅうち》で、千裕の体は赤く染まった。

二人の男の眼差しが、肌を這うことを意識する。

きっと今、千裕は値踏みされている。情人として囲うだけの価値が、あるのかどうかを。

(それなら、証明するしかない)

男たちの視線を意識し、身じろぎしながらも、千裕の心は揺らがなかった。

「我々と体で取引しようというのなら、それなりのものを見せてみろ。愛人として役立たずならば、抱いても意味がない」

一黎もまた、千裕に近づいてくる。

彼は、無遠慮な手つきで、剝き出しになった千裕の尻を摑んだ。そして、窄《すぼ》まった孔に、強引に指を入れようとする。

「あっ」

さすがに痛みを感じ、千裕は小さく声を上げた。

その孔は思いの外《ほか》きつく窄まっていて、力任せに開くものでもないようだ。そして、指一本含むのもやっとなくらい、窮屈らしい。

しかし、一黎はその場所に対して、無情なテストを強いてきた。

「ここに、我々を同時に咥えてみろ。……それができたら、愛人として使い物になると認めてやる」

「え……っ」

さすがに千裕は驚愕した。

こんな小さな孔に、男を知らない秘所に、同時に男を咥えろというのか？

男一人だって、入るとは思えないほど狭い場所なのに。

指一本だって、痛みを感じた。

千裕は、身が竦んでしまう。

怖いという気持ちを抑えるのは、あまりにも難しかった。

千裕を嬲るように、一黎の眼差しが肌を這う。

「男二人を愛人にするというのなら、その程度の芸当はできて当然だ」

「そりゃいいや」

ミケーレは、軽いノリで笑った。

「じゃあ、そこがゆるゆるになるまで俺が……」

「あ……っ」

ミケーレの指が、千裕の小さな孔を探りはじめる。一黎のように力任せではなく、くすぐるような指の動きだ。

思わず、千裕は濡れた声を漏らしてしまった。

「ミケーレ、何をしている。この男本人に慣れさせなければ、意味がない」

左側に膝《ひざ》をついた一黎に、千裕は顎を摑まれる。

傲慢な男は、千裕の顔を覗きこんだ。

ひたりと合わせられた瞳は、闇色《やみいろ》の目をしていた。

「勿論、私への奉仕を忘れるな。……私は、他人に奉仕されたことはあっても、他人に奉仕したことはない。おまえを喜ばせるつもりは、一切ない」

超越者の眼差しで、一黎は言い放った。


「……ん、あ……う…っ」

喉奥まで入り込んできた性器は長く、かりが細身の幹に比べて随分太かった。

一黎のペニスだ。

四つ這いになった状態で初めて千裕が咥えた男のそれは、苦いような塩辛いような味がした。飲み下す唾液《だえき》に、彼の分泌液が混じる。一黎に、体内を犯されていく気がした。

交尾する獣の雌《めす》のような姿態をさらし、千裕は二人の男に体を差し出していた。

千裕の左手は一黎の性器の付け根に、右手は己の股間にあった。一黎は口での奉仕を千裕に強いながら、孔を慣らしていくことを望んだのだ。

（苦しい……）

口腔を性器で穿たれ、後孔を己の指で犯す。

体内を物で埋め尽くされると、それだけで苦しいような、切ないような、もどかしい疼《うず》きが全身を貫いた。

体が自分のコントロールを離れ、ままならなくなっていくのは、体の奥底から湧《わ》き上がる快楽のせいだった。

「ん、ふ……っ」

「どうした、千裕。もっと指入れてみろよ。まだ二本しか入ってないじゃないか」

ミケーレは、冷やかすように笑った。

「……せっかく、俺が濡らしてやってるのに」

拙い指戯だけが、千裕の後孔を犯しているわけではない。

ミケーレは、千裕の尻に口唇を這わせ、舌にたっぷり唾液を乗せて、恥ずかしい場所を濡らしていた。

彼は一黎と違い、情人は可愛がりたいのだという。

それはつまり、ミケーレの快楽で相手を支配したいということらしい。彼は千裕から、快楽を引き出したがっている。

「それにしたってさ、俺はもっと思いっきり可愛がりたいほうなんだけどなあ……。相変わらず、一黎とはセックスの趣味が合わない」

「私を、おまえのような悪趣味と一緒にするな」

「悪趣味だなんて、失礼だな。もう許してって言うこともできなくなって、泣きながらイきつづけるのを見るのって、最高に楽しいのに」

可愛がりたいなどと言うが、ミケーレの楽しみは、愛撫《あいぶ》の果てに相手を堕《お》とすことにある。この男は見かけどおりの、陽気なだけの男ではない。

「そういうのは、おまえがこれと二人で楽しむときにしろ」

一黎の声は相変わらず冷ややかだ。

呼吸一つ乱れない。

そのくせ、彼の性器は猛《たけ》っていた。どっと唾液が口腔《こうこう》に溢れる。

　かりは顎裏を擦り、奥まで入りこむと、どっと唾液が口腔に溢れる。出し入れするように顔を動かすと、湿った音が漏れた。

　ぬちゃ、ぴちゃ、と水を含んだような響き。セックスは水の音に溢れているのか、と千裕はぼんやり思う。口内への刺激は頭をぼうっとさせるらしい。

　そういえば、体が熱くなり、浮遊感が全身を包んでいる。水の中にいるときのようだった。

「俺だって、一黎が来なかったら二人で楽しむつもりだったけどね」

　ミケーレは、笑いながら言う。

「千裕は可愛がりがいがあるよ。どこにキスしても、嘗《な》めても、しゃぶってやっても、敏感に反応を示すしな」

「ひゃあ……っ！」

　陰嚢《いんのう》の縫い目を嘗められ、千裕は声を上擦らせた。

　今まで意識したこともなかったが、そこは痛みに弱いだけではなく、ありとあらゆる刺激に敏感だった。

　中の固いものを口に含まれ、飴玉みたいに転がされると、どうしたらいいのかわからなくなるくらい、強烈な刺激になった。

強烈過ぎて、快も不快も超越している。

体のありとあらゆる部分がぴんと張り詰め、肌が淫《みだ》らに汗ばんでいく。

「ほら、もうペニスもかちかちだ」

「……っ、あ……」

ペニスの付け根を揉まれ、千裕は鼻にかかった喘《あえ》ぎ声を漏らした。

固くなっている場所を刺激されるのは快楽だった。浮き出た血管をこりこりこねくり回されて、千裕の性器はだらしなく口を開けた。

張り詰めた先端からほとばしるのは、透明の体液だ。尽きない泉のように、後から後から溢れてくる。

「どうした。こちらがお留守になっているぞ」

「あぐ……っ」

一黎に頭を押さえこまれ、千裕は思わず呻《うめ》く。

支配者は、決して千裕が快楽に耽《ふけ》るだけになることを許さなかった。快楽に耽ってなお、彼の欲望に仕えることを望んでいる。

「……っ、ん……」

性器をしゃぶらされ、一黎を歓喜させると同時に、性器も何もかもをさらけ出すことで、千裕はミケーレを喜ばせている。

男を歓ばせるための、性の玩具になった自分を、千裕は痛烈に意識させられた。これが己の選んだ道なのだから、後悔はしない。

惨めだとも思わない。

ただ、熱くなる体も息苦しいほどの他人の存在感も、千裕の体を悩ましく悶《もだ》えさせる。

「なかなか、三本めが入れられないみたいだな……」

不器用に指を抜き差ししている千裕を眺めつつ、ミケーレは呟いた。

彼の言葉通り、千裕は三本めの指が入れられない。

狭い入り口をこじあけるように指を入れ、初めて知る肉襞《にくひだ》の触感に怯えながら動かしても、そこはなかなか柔らかくならなかった。

ぬめるというよりも、襞があるわりには肉筒はつるりとした感触をしていた。そのせいで、とらえどころがない。

こりこりして固い。ここを、ペニス二本分に広げられるのだろうか。いったいどこまで慣らせば……。

いつ終わるともしれない、己自身に対しての陵辱。それを見つめられ、時には悪戯《いたずら》のように結合部分を嘗められ、煽《あお》られる。

羞恥心《しゅうち》を刺激され、どうにかなりそうだった。恥ずかしくて泣きたいなんて感覚を抱くのは、生まれてはじめてのことかもしれない。

己を辱めれば辱めるほど、理性がすり切れていくのを感じるのは、防衛本能なのだろうか。そして、理性を犠牲にして、快楽がどんどん強くなっていく。

「なあ、千裕。ここをもっとぬるぬるするもので濡らさないと、入らないんじゃないか？」

「……ん、ふ……ぁ……？」

「俺のをかけてやろうか」

ミケーレが、軽く千裕の尻をぶつ。

彼は笑いながら、こういうことができる人間なのだ。可愛がりたいなどと言いながら、嗜虐《しぎゃく》のほの暗い喜びを知っている。

「入れるな」

一黎が、鋭い声でミケーレを制する。

千裕を試しているんだから邪魔をするなと、彼は言いたいのだろう。

「わかってるって」

千裕の腰を両手で摑み、ミケーレは言う。

「でもさ、使い方は、いろいろあるだろう？」

男の快楽の道具。それが、今の千裕なのだ。彼らは、その快楽の道具の楽しみ方を、あれこれ研究している。

それが、己の目的の対価なのだ。

恥辱を感じないと言えば、嘘になる。でも千裕は、それを耐えようとしていた。男たちに気に入られるという目的の前で、千裕に刻みつけられる辱めの記憶など些細な傷だ。

「なあ、千裕。ねだってみろって」

千裕を誘うミケーレの言葉を、一黎は呆れたような声で窘めた。

「これに、口戯《こうぎ》しながら自慰《じい》をしつつ、おまえを喜ばせる甲斐性はないだろう。今も、咥えているのが精一杯だ。後で、たっぷり仕込んでやらねばな」

「わかってるって。俺は、おまえに比べれば優しい男だよ」

千裕の太股に、熱いものが押し当てられる。ミケーレの性器だ。太く、固い。そして、焼け付くように熱かった。

「千裕がねだりさえすれば、後は勝手にやるよ。……精液をお尻の孔にかけてくださいってね」

太股の付け根の内側に、ぐっと性器の先端が押し当てられる。肌が、彼の性器の形にへこむ。

内側の柔らかい肉で、その性器を摩擦するつもりなのだ。

じわじわ押し当てられると、先端が陰嚢に当たった。びくっと腰を震わせると、上から力任せに押さえこまれた。

「ほら、千裕。おねだりしてみて」

ミケーレは、言葉で千裕をもてあそぶつもりだ。

口数の多いこの男らしい、楽しみ方だった。

単語一つでも、口に出すのははばかりがある。千裕は、普通の大学生よりも、性の方面に関しては慎み深いほうだった。

けれども、それを言わなければ許されない。

千裕は震えながら、口唇を開いた。

「……かけ、て……」

「聞こえない」

一黎の性器を握り、指先でさする。そして、己の孔を指で穿ちながら、千裕は恥も外聞もなく哀願した。

「お願いします、ミケーレのせ、精液……、俺のお尻の孔……に、かけ……て……」

淫蕩《いんとう》すぎるせがみ方をすることで、千裕の自尊心がぼろぼろに打ち砕かれていく。言葉にすることで、打ちのめされることがあるのだと、千裕は初めて知った。

「おね……が、い……かけて、お尻……」

やっとのことで言い終わったのに、さらにミケーレは恥辱を要求してくる。

「ああ、やっぱり『お尻の孔を、ぬるぬるのヴァギナにして』って言ってみようか」

いかにも軽く、やっぱり気が変わったと言わんばかりの口調だった。その明るさは、かえって酷だった。

「う……っ」

目の奥が熱くなる。

泣けてきた。

際限なく男の欲望に答えなくてはいけない、自分の立場に。

泣くまいと思っていても、こみ上げてくるものが止められない。

(……泣いている場合じゃないのに……)

千裕のすべてが、このセックスにかかっている。

自分は、この男たちに試されているのだ。

指を咥えた孔を意識する。そこが燃えるように熱くなり、きゅっと窄まるような気がした。力が入る。体が強張っているのだ。

啜《すす》り泣くように、千裕は呟いた。

「……おし、り……のあな………、ぐちゅぐちゅの……ん、こ……にして……っ」

鸚鵡《おうむ》返しにできなかった。その場所を意識し、濡らしてもらうのだということを考えて、あられもないことを口走ってしまう。

「へえ。可愛いね。日本ではそう言うの。ぬるぬるより、ぐちゅぐちゅっていうのが好みなんだ？　ぐちゅぐちゅさせるには、中に入れないといけないのに。千裕はいやらしいなあ」

「ああっ」

尻を平手で叩かれ、千裕はか細い悲鳴を上げる。

「……しっかり締めてなよ」

千裕の腰を押さえ込んだまま、ミケーレは性器で内股《うちまた》の合わせを貫く。

「う、くぅ……っ」

肌がよじれる感触。太股の付け根が、引っ張られるようだ。

「……ひ、う……あ……っ」

陰嚢を、ミケーレの性器が擦る。柔らかいそこを、えらが張り血管が浮いたもので押し潰される。

腰が弾むように揺れ、千裕は何度も呻いた。

「……く、あ……ああ……だ……め……っ」

身悶《みもだ》えする千裕に対して、一黎は無情だった。

「咥えろ」

「……ん…は………むぅ……っ」

顎のかみ合わせに指を入れるように摑まれ、再び口腔を犯される。

息が苦しい。

意識が今にも飛びそうだった。

「……ん、ぐ……う……っ、く………あ………っ！」

びくんびくんと、背中が何度も弓なりになる。

（あつ……い……！）

快楽しか感じられなかったその瞬間、千裕は口腔にも尻にも精液を浴びた。

そして己自身、射精という瞬間の快楽を極めたのだった。

「……ひ、は……あ、あ……」

仰向けになり、大きく足を開いた状態で、千裕は自分自身を辱めていた。

「く、う……」

覆うように、両手で股間をまさぐる。雄《おす》の象徴ではなく、排泄孔《はいせつこう》でしかない場所を雌に変えていくために。

男たちは射精したことで、少しは気がすんだらしい。

今は千裕を左右に挟み、ぎごちない自慰を眺めている。

尖りきった千裕の乳首に、ミケーレは悪戯していた。爪で弾いたり、舌で転がしたり、口唇で吸い上げたり、できる限りの愛撫を試みる。

先ほどまで触られていたわけでもないのに、どういうわけか敏感になってしまったその場所は、弄られれば弄られるほど、硬くなる。そして、熱い。そこの皮膚が口唇と同じように薄いことを、千裕は初めて知った。

「……ん、く、あ……ふ……」

いったい、どれだけの時間、こうしているのだろうか。

狭い孔を自らの手で開くため、たっぷり時間をかけている。己の精液と、ミケーレのものでまみれた指で、そこはぐちゅぐちゅと濡れた音を立てていた。

仰向けで口淫させられたせいで、一黎の精液はすべて飲み込んでしまった。

そのせいか、胃の腑《ふ》が熱い。

征服されたのだ、と思った。

「……ん、く……う………っ」

指は今、四本入っている。

右手のひとさし指、中指、薬指。そして、左手のひとさし指。

でも、まだ足りない。

体は限界を訴えている。太股の付け根どころか、足の指の先まで張っていた。ぴくぴくと、何度も何度もひきつれを起こしている。

それでも、まだ許されない。

(……五本、め………)

ほんの先端だけだが、左手の中指が孔の縁をめくり上げた。ぎちぎちに収まった指は、動かすこともままならなくなる。

「後一本だ」

一黎の無情な宣告に、涙が浮かぶ。泣きたかったわけではない。多分、体が勝手に悲鳴を上げているのだ。

(でも……、きっと入れられないと……つら……い……)

己自身で、雄であることを捨てる。

雌になるために、指を動かしつづける。

「……ん、く……ひゃ………あ、ああ………っ！」

下腹が、大きく波打った。

「六本、入ったな」

待ちかねていたように、ミケーレが呟く。

奇妙な達成感で、千裕は一瞬虚脱した。その隙をつくかのように、二人の男が挑みかかってきた。

「……あ、な、何……っ!?」

指を乱暴に引き抜かれる。

一黎は前に、ミケーレは後ろになり、二人がかりで力の抜けた千裕の体を抱えあげる。ミケーレは中指とひとさし指で千裕の乳首を挟みこむように胸に手を這わせ、一黎は腰をきつく押さえこんできた。

そして、濡れて緩み、女になりきった場所に、二人は猛りきった雄を押し当てた。

「……く……あ……っ！」

形状から、一黎のほうが入りやすかった。しかし、少し広がった隙間を突くように、ミケーレもすぐ後を追う。

男たちが、競うように千裕の中に入ってくる。

「さすがにきついな。もう少し、力抜ける？」

千裕の乳首を撫でながら、ミケーレが囁く。

でも、こんな状態で、力を思い通りに抜くことなんてできやしない。今、千裕の体は千裕自身のものではなく、男ふたりのものだった。

「……んっ、あ、やぁ、ああっ、おおき、やあ……っ」

目一杯性器を頬張《ほおば》らされている肉筒は、痛みを通りこして痺《しび》れを感じはじめていた。そしてその痺れは、快楽という麻痺剤へと連なっていた。

「ん、あ……はい……て…く、る……」

柔らかい肉襞がえぐられ、性器の形を刻まれていく。引き裂かれるような痛みと、強烈すぎる快楽とが、同時に千裕を襲った。

「……んっ、ひ、ああ……っ!」

疲れきっていたはずなのに背筋がぴんと張り、千裕は大きく目を見開いた。

ミケーレと一黎が、千裕の中に収まりきった。それを、本能のように千裕は感じていた。

「……っ、なんとか入ったな。がんばったね」

千裕の腹部を撫でながら、ミケーレが笑う。

「……これで、契約完了…ですよね……?」

確認するように呟いた瞬間、笑いがこぼれた。

「……ふ……はは、は………っ」

大粒の涙が、上気した千裕の頰を伝う。
男ふたりを喰らったまま、千裕は狂ったように笑い続けた。

第三章

香港発、成田《なりた》行きの便に千裕が乗ったのは、それから半年ほど後のことだった。


「具合はどうだ?」

千裕は頬を赤く染めたまま、小さく頷いた。

一黎は、優しさから千裕の体調を確かめてきたわけじゃない。そして千裕も、何もはにかんで頬を染めているわけではなかった。

千裕の下着の中で、性器は淫らな拘束具をつけられている。排泄には支障がない。しかし、セックスすることはできない。

一黎が尋ねているのは、貞操帯の調子のことだった。

千裕の頬が赤いのは、出かける寸前まで、ミケーレと一黎に嬲られていたからだ。まだ、昂《たかぶ》りは収まっていない。

(すぐに忘れるだろうか)

シャツを押し上げるように尖《とが》る乳首を意識して、千裕は考える。

そこはクリップを毎日つけられることで、すっかり肥大してしまっていた。シャツと擦れるだけで感じ、勃起《ぼっき》してしまう。

半年に亘《わた》って、千裕は二人がかりに調教された。

セックスだけを教えられたわけじゃない。

これからの千裕にとって必要なものを……たとえば、力によって他人を支配する方法。現代のヤクザに必要な、組を経営するという概念。手法。帝王学などを、徹底して叩きこまれた。

千裕は、従順な教え子だった。そして、一黎もミケーレもよい教師だった。二人の支配者から支配の方法を学び、女の喜びを教えられた。真新しい土が水を含むように、千裕は彼らからすべてを吸収した。

千裕も真剣だが、彼らもまた真剣だった。

ミケーレは若い情人を育成するという新しい遊びに夢中になり、当初の予定を延長させてまで香港に居座っていたらしい。そろそろ本国からの召還命令を無視できないから、千裕が日本に戻ったら、その後には帰ると言っていた。

千裕は、一人で日本に戻るわけではない。

一黎から、数人部下をつけられていた。

その部下たちは、千裕の監視であり、後ろ盾《だて》でもある。

そうでなくては、千裕のような年の人間が、何千人もの人間の上に立てるわけがない。

たとえ、今の極東太平会側が千裕を諸手を挙げて迎え入れようとしていても。

一黎は金を渡し、極東太平会に内紛を起こさせていた。左門は己がそうされたように、再びクーデターで追われた。

そして、新しく実権を握った幹部たちは、千裕の帰りを待っている。

彼らの大義名分は、前組長の息子である千裕を祭りあげること。

もしかしたら、お飾りにちょうどいいと思われているのかもしれない。でも、千裕は担ぎあげられて終わるつもりはない。

(一黎とミケーレが、お膳立てをしてくれた。後は……、俺が実権を握ってみせる)

一黎にせよ、ミケーレにせよ、退屈しのぎの遊びという面はあるかもしれない。だが、千裕に手塩をかけてくれているのは事実だ。

貞操帯までつけさせられたのは、千裕を辱めて、快楽を煽るためなのだろうけど、二人の執着を感じるようで、悪くない。

この体を彼らに譲り渡しても、千裕は目的を果たした。

だから、これでいい。

千裕は生きている。

力の論理が支配する世界に、千裕は飛び込んでいく。

そのための力を、二人の男から与えられた。

(……極東太平会は取り返した。次は……)

千裕は、ようやくスタートラインに立ったばかりだ。

まだ、目的は果たせていない。

(あなたは、どこにいるのだろう?)

五島は、すでに姿を消しているらしい。

極東太平会の抗争がはじまる以前、左門が会頭になった時点で既に、五島の姿は組にはなかったそうだ。

その事実が、また千裕を動揺させるのだ。

五島は、左門に従っていたわけでもなかった。本当に五島が裏切ったのかどうか、結局答えは出されていないままだ。

彼の面影は、鮮烈に瞼《まぶた》の裏に焼き付いている。

何年経とうが、探しだしてみせる。

そして、彼の真実を知りたい。

「浮気するなよ」

ミケーレが、千裕の顎をつまみあげた。

「できませんよ」

「この口を使うことも許さん」

口唇に手をかけられ、こじ開けるように開かれる。入ってきた一黎の指先を、千裕はぺろりと嘗めた。

「じゃあ、あなたたちが会いに来て。口寂しくなる前に」

「そりゃあ、勿論」

肩を震わせて笑いながら、ミケーレが頬にキスしてくる。

一黎は目を細めるだけだ。

でも、満足そうにしている。

己が作り上げた作品に……千裕に満足しているかのようだった。

彼らにとっては、今の千裕が一つの到達点なのかもしれない。

けれども、千裕にとっては違う。

ここから始まるのだ。

……そして、千裕は今もまだ、目的に向かって歩み続けている。

（だが、あの日から遠くまで来たな）

「千裕さん」

フライトの予定時間を確認していた千裕は、声をかけられて振り向いた。日本人ではないイントネーションは、情人のボディガードだった。

千裕の純潔を奪い、情人にした男たちは、いまだ千裕の後ろ盾だ。千裕の体一つで、世界的な組織からの援助が受けられるのであれば、安いものだ。

彼らに付けられた補佐の力もあり、千裕が奪われたものを取り返すまでに時間はかからなかった。

ならば、男たちを喜ばせるために努力して、何が悪いというのだろうか。

初心な体を貞操帯で縛められ、器具で開発されていた頃とは違って、千裕は快楽を自分の手に取り戻している。

悪い遊びも覚えたし、必要とあれば他の男と寝る。

しかし、情人たちとの夜が、今でも何より刺激的だった。

(彼らも、よく飽きないな)

この体を知りつくし、貪《むさぼ》り、欲望を教えこんだ男たちは、いまだ千裕を手放すつもりはないようだ。たびたび来日して、千裕を味わいにくる。

二人揃うのは、久しぶりなのだが。

京家のボディガードも空港に揃っているのは、彼らの主を迎えいれるためだった。

香港黒社会を統べる一黎は、自分が行動するときに、必ずボディガードを先行させる。ミケーレも本国ではそうしているようだが、日本ではイタリア人は悪目立ちするからと、おしのびで出かけてくることが多かった。

組のものたちにとって、千裕が情人をしながら成り上がり、内紛の続いた組織をまとめあげたという事実は、ばつの悪い、あるいは不都合な話らしい。

経堂がしきりに見合いを勧めてくるのも、千裕はもう女を抱けない体なんていう、陰口を止めるためだろう。

経堂には悪いが、千裕は気にしていない。

この体ひとつで取り戻せたものの大きさも、価値も知っている。

だから、むしろ誇りに思う。

「一黎は、予定どおりのフライトか」

「ええ、定刻どおりに」

「わかった」

千裕が男ふたりの情人になる運命を受け入れたあとに、決めたことが一つある。いつでも、毅然と振る舞おうと。

たとえ体を売って、今の地位に就いたとしても、恥じることはなにもない。自分は正当な取引の結果、報酬を手に入れただけだ。

だから、情人たちの部下にも、よそでひとつの組織を長である立場を忘れず、堂々と接していた。

一黎のボディガードを従え、到着ロビーで千裕は男たちを待つ。

彼らに、抱かれるために。

「ああ、千裕。久しぶり、会いたかったよ」

「俺も会いたかった」

千裕の顔を見るなり抱きついてきた情人を、抱きしめかえす。そして、彼のスーツの下の体をまさぐるように、指を這わせた。

快感に、火をつけるように。

空港のロビーだろうが、関係ない。千裕の情人であるイタリア男には、ダイレクトに欲望を伝えるほうがよい。

伊達男のミケーレは、今も昔もよく体を鍛えている。見た目は優男だが、スーツ越しでも引き締まった筋肉を感じられた。

抱きあい、頬に挨拶のキスを受けてから、千裕はミケーレの傍らにいた黒ずくめの男の頬に恭しくキスをする。

恭しく、尊敬をこめて。一黎は、そういう接され方を好む。

「一黎にも、会いたかった」

「……そうか」

一黎はいつもクールだ。

千裕は目を細める。

一黎の表情を読むにも、もう慣れた。ミケーレが先に千裕に飛びついたことで、いささか機嫌を悪くしているのかもしれない。

もっとも、奔放《ほんぽう》なミケーレと違い、一黎は抑制的だ。だから、千裕に最初に触れるのは、いつだってミケーレなのだが。

ちょうど、千裕が彼らに純潔を捧げた日と、同じように。

彼らのものになったあの日、千裕の運命は変わった。

それ以後、ずっと彼らとの関係は続いている。

二人の男たちは、常に千裕を情人として愛《め》でてきた。

ミケーレは気さくなように見えるが芯《しん》に氷のように冷たい部分があるし、一黎は冷淡なように見えて熱いものを胸に秘めている。

ミケーレが香港に立ち寄り、一黎と一緒に、ふたりは訪日している。三人で過ごすことは、ここ最近では珍しい。

ミケーレはまだマフィアの御曹司という立場だが、以前よりは父親の仕事を手伝うことが多くなり、気楽にアジアまで遊びに来るというのも、難しい立場になっているようだった。

「今回は、新しくできたばかりのホテルに案内します。もともと、リゾートホテルを経営していたグループが、都心の一等地を買い取って、旅館とホテルを融合させた新感覚のシティホテルを作ったのですが、なかなか評判がよいようですよ」

「……ふん」

一黎は素っ気ないものの、珍しく興味を示した。彼の京家は不動産業界にも深く根を張っているので、単純にビジネスとしても関心があるのかもしれない。

「それは楽しみだな。……まあ、問題は部屋よりもベッドだけどね」

ミケーレの言葉に、千裕は微笑む。

「今回は趣向をかえて、布団です」

「布団？」

「そう。浴衣も着られます」

「それは面白いな。千裕は着物もよく似合うし」

和風旅館に一黎やミケーレを案内するのは、今回が初めてというわけではない。だが、今回は都内に宿泊するのに布団の部屋だということが、彼らの意表を突いたらしい。

（俺に、退屈はさせてやらない）

千裕は口角を上げる。

男たちの愛人であることを受け入れた日から、千裕は誇りを持って、この二人の性玩具になってきた。そのために、滑稽《こっけい》だろうとも努力もしている。

「……ああ、楽しませてもらおう」

一黎の囁きには、千裕は艶《あだ》めいた笑みを返す。

なにも、楽しむのは情人たちだけじゃない。千裕だって、おおいに楽しむつもりでいた。

快楽はいい。

嘘がないからだ。

……本当は、男たちに体を許すとき、感傷で心が疼くことがある。

それはほんのちょっとしたきっかけで、横顔の角度とか、声のトーンだとか、たとえばそういうものが、今は傍にいない懐かしくも憎い男を連想させる時だけだ。

千裕は、恋をしない。

他人には、必要以上に心を許したりしない。

そういう生き方が、正解だと思っている。

裏切られ、心を切り裂かれるくらいなら、享楽に溺《おぼ》れたほうがいい。

この体で貪る快楽を、これほど愛している男たちがいる。彼らと快楽に溺れ、利用することだけを、千裕は考えていたかった。

東京駅のすぐ傍にあるホテルまでは、空港から車で。後部座席に、一黎とミケーレに挟まれるような状態で、千裕は座っていた。

さりげなく体が触れあうのも、まるで前戯《ぜんぎ》だった。喉に渇《かわ》きを感じて小さく口唇を舐《な》めると、左右から馴れた仕草で口づけを与えられた。

「……ん……っ」

濡れた吐息を漏らした千裕は、男たちのしたいように体をまさぐられることを許しているようでいて、その実は男たちを煽るために自分の体を使っていた。

今更、躊躇う事など何もない。

運転手を務める一黎のボディガードは、見慣れた光景に微動だにしなかった。

千裕も今更、見られてることは気にしない。むしろ、その取り澄ました顔を、羞恥に染めてやりたいとも思う。

「あ……っ」

軽く捩《よじ》った体を、ミケーレにきつく抱きしめられる。「寂しかった？」と尋ねられて、千裕は艶っぽく微笑む。

「渇いていますよ」

身も世もなく、我を忘れるほどの快感が欲しい。理性のスイッチを切ることができる瞬間は、千裕にとっても待ち遠しいものだった。


ホテルに着くまで、一時間もかからない。手配をしていた部屋は最上階で、眼下には都心を見下ろすことができる。

最近の東京は、高層ビルにオフィスとホテルが同居している建物が増えたが、このホテルは新しいものにしては珍しく、一棟建てだった。

純和風ではないが、海外旅行客を目当てに和のテイストを取り入れた、旅館とホテルのよいところを取り入れようとしたホテルだ。押しつけがましくないホスピタリティも心地良い。

しかし、今の千裕たちにとっては、寝室しか必要ない。一黎にせよミケーレにせよ、日本に来るのは羽を伸ばし、千裕と遊ぶためだった。

どちらの組織も日本相手の商売をしているものの、一黎やミケーレほど大きな組織の長となると、『仕事』の現場までは一々出張ってはこなくなるものだ。

千裕と遊ぶついでに、日本の関係者と顔を合わせていることもあるようだが、お互いに関係のない仕事のことまでは立ち入らないようにはしている。一応同業者で、協力体制にはあるとはいえ、好き勝手やっている部分もあるのだ。

部屋に着いてすぐ、千裕は後ろ手にドアを閉め、ロックをかけた。

そして挑発的な眼差しを一黎とミケーレに向けたあと、その場でスーツを脱ぎ捨てる。シャツ一枚の姿になって、千裕は口の端をつり上げた。

「さあ、遊びましょう」

両手を軽く広げるように、ドアを背にして男たちを千裕は誘う。男たちを相手にするようになってから十年経った今も、裸になっても見苦しくないように体は鍛え続けていた。

男たちに愛撫されることに慣れ、また彼らを興奮させるためにも自ら辱めつづけたことで肥大した乳首は赤らんでいる。そして、今は興奮も露《あら》わにするように固くなり、膨らんでしまっていた。そこは、もうシャツ一枚では隠せずに、布地の下からも淫らさを主張してしまうような場所になり果てている。

服で擦れるだけでも、敏感に刺激を感じてしまうほどに快楽に奔放になっているのは、情人たちを前にしているからだった。

今回泊まる部屋は、リビングルームに和室とベッドルームがついているタイプだった。部屋に入ってすぐ、リビングのソファに腰をおろしたまま、一黎は悠然と頬杖《ほおづえ》をついて、千裕を一瞥する。彼の冷めた対応はいつものことなので、千裕は気にしない。

ソファに座らず、背もたれに浅く腰をおろしていたミケーレは小さく笑った。

「そういう、積極的なところも可愛いよ」

からかうように笑うと、ミケーレは千裕に近づいてきた。

彼ならそうするだろうと、わかっていて千裕も誘っている。一黎とは違い、ミケーレは快楽に興味がないなんていう顔は決してしなかった。

裸の体を、上質のスーツを身に纏ったままの男に抱きしめられる。嗅《か》ぎ馴れた香水は、柔らかいオリーブの木の香りがする。ラストノートを味わうように、千裕は大きく深呼吸をした。

ミケーレの広い背中に腕を回し、千裕は肩越しに一黎を見つめた。

冷ややかな表情の一黎と目が合う。「見ている？」と確認するように視線を絡めあいながら、千裕はミケーレに体を委ねていく。

「あ……っ」

千裕を抱いた腕は、そろそろと下がっていった。指の長い手のひらが臀部《でんぶ》を左右から包みこんだかと思うと、その狭間をひとさし指で優しくタッチされた。

男馴れしている孔は、くすぐられるだけでだらしなく反応する。息づくように収縮した縁を、ミケーレは思わせぶりに撫でている。

「……焦らさないで」

かすれた声で、千裕は囁く。

空港に迎えに出る前に、一通り体を清めていた。ミケーレに触れられている場所も、自分で洗浄はすませている。

なにをするかわかっているのだから、それに備えるのは当然だ。自分自身の指で一度広げているせいか、反応もいい。それがミケーレを興奮させることも、確信している。

この男を、誘惑したい。そう、考える。欲望でこの体に惹きつけて、千裕を捨てるのは惜しいのだと思わせたい。千裕の与える快楽と欲望を、彼に賞賛されたい。

……二度と、捨てられたくない。もう誰にも。

脳裏によぎる彼を振り払うように、千裕はミケーレの指先に感覚を集中した。つまらない感傷ごと、千裕を無茶苦茶にしてほしい。

ぞくぞくする。

快楽を躊躇わない千裕の体は、どんどん熱くなっていく。

セックスは頭でするものだと、教えてくれたのもこの男たちだ。実際の行為まで至る以前に、ここから先を想像することで快感を得られるのだと、千裕は知っている。

「千裕は、いつまで経っても欲しがりだ」

ミケーレは笑いながら、千裕の孔へと指の先を挿入した。

「あ……っ」

千裕は、思わず声を漏らす。

濡れていない指は、少しかさついている。熱い内側の肉への違和感に、千裕は思わず目を細めた。

「もう柔らかくなってる。……自分でしただろう？」

「しました」

ミケーレの背中に爪を立て、千裕は微笑む。

「あなたたちの名前を呼びながら」

「……俺だけの名前を呼べばいいのに」

「それはできません」

「でも、今いれてあげてるのは俺だよ」

「……っ」

緩みかけている孔に、強く指を押し込まれる。強引に広げられる感触に、ぴくりと千裕の肩は揺れた。

「ほら、この指好き？」

「好きです……」

喉を鳴らし、声を転がすように、千裕は呟いた。

「誰の？」

「ミケーレの……」

感触を味わうように、うっとりと表情を蕩《とろ》けさせ、男に導かれるように名前を呼ぶ。

「ミケーレ」

体内に押し込められた指が、呼びかけに応えるように鈎状《かぎじょう》に曲げられる。肉襞に埋もれた快楽のスポットをダイレクトに刺激され、思わず千裕は喘ぎ声を漏らした。

「欲しいか？」

「あなたこそ、俺の中を味わいたいでしょう？」

んっと口唇を嚙みつつ、千裕はミケーレの指を締めつけるように孔を絞める。そこの動きの好《よ》さ、快感を、ミケーレに思い知らせるように。

重ねあわせた下半身の、性器は既に勃起している。スーツごしに、ミケーレも興奮しはじめていることが伝わってきて、千裕は思わず忍び笑いを漏らす。

「ミケーレ」

名前を呼び、千裕は左足の膝を曲げるようにしながら上げ、ミケーレの腰を膝で絡みとろうとする。

つっと、膝頭の内側や柔らかい太股でミケーレの体のラインをそそり上げつつ、快楽を誘うように高級なスーツに性器をこすりつけた。

男にただ媚びるだけでは、ミケーレも一黎もその気にさせられない。

ミケーレは千裕の容姿に目をつけたのがきっかけだが、従順すぎないところも気に入られているようだ。一黎は、千裕の屈しない姿を愛でている。

二人の男を惹きつけるには、娼婦は娼婦でも、男に媚びるのではなくて、己の価値を見せつける高慢さがなくてはいけない。

たとえば美貌《びぼう》も、そして快楽を与えることを約束できる肢体《したい》も。

ミケーレに体を重ねながらも、千裕は一黎に視線を投げかける。冷徹な表情を貫きつつも、見ることで千裕の価値を確かめて、視線で愛撫してくるようだった。

値踏みするような視線を向けられて、ぞくぞくしてくる。あの澄ました顔をした男の快楽を、引き出してやりたい。

千裕は、ぺろりと舌で口唇を舐める。

「あなたの……、嬉しい。もう、こんなに興奮している」

引き締まった脹《ふく》ら脛《はぎ》の形のよさを一黎に見せびらかすようにしながら、千裕は左足でミケーレの体をまさぐる。

孔に押し込まれた指の本数が増えたことに、千裕はほくそ笑んだ。

「千裕のここは、柔らかいな。澄ました顔をしているくせに、俺の前では娼婦になるというのが最高だ」

「……そんなことを言いながら、まだ『使わない』つもりですか？」

首筋に腕を巻き付けながら、千裕は囁く。

ミケーレの耳たぶに口元を寄せ、にっと口の端をつり上げて笑った。

眼差しは、一黎に注いだままで。

「使ってほしいなら、おねだりしてみせてよ」

「布団……はまだ用意されていないから、まずはベッドに連れていって」

甘えた声で囁くと、ミケーレは小さく首を横に振った。

「ここで跪《ひざまず》いて。辱められた女王様みたいに、俺に奉仕してみせてよ」

「そういう気分ですか？」

はしたない快楽の秘密を分け合うために、千裕はミケーレに囁きかけた。

ミケーレは、楽しい内緒事でも打ち明けるかのような小声で呟く。

「恥辱感を全部、快楽に変えてあげるから」

「……約束を……」

強烈な快楽を与えてくれるという、約束をねだる。千裕は微笑んで、じっとミケーレを見つめた。

「キスしてあげる」

「……んっ」

強引に顎を摑まれる。

口唇を合わせ、顔を傾けながら、千裕は一黎に視線を向けていた。

細い眉を少しだけ上げた一黎は、教え子の成長を楽しんでいる教師みたいな顔をしている。

「……うっ、ん……」

腕でミケーレの顔を寄せさせながら、千裕は深く口づける。視線を一黎に向け続けながらのキスは、背徳感にぞくぞくした。

口腔を舌で弄られると、体の熱が自然に高まっていく。自分の粘膜が熱を持ち、とろとろに蕩けていくのを、千裕は実感していた。

「……っ、は……」

一黎から視線をはずし、千裕は口唇を浮かせる。

濡れた口唇を舌で舐めつつ、千裕はミケーレに微笑みかけた。

「早く、あなたに辱められたい」

「……千裕を辱めるのは、難しそうだ。すべてが、ただのプレイになってしまうしね」

「そんなに、私は淫乱ですか？」

「そうだね」

あっさり頷いたミケーレは、楽しそうにくつくつと笑いだした。

「それに、俺が君を可愛いと思ってるから、どうしても君を喜ばせてしまうようだ」

顎をくすぐるように撫でながら、ミケーレは笑う。

「そんなに俺のペニスをしゃぶりたいなら、雌犬みたいに這いつくばって、俺にすり寄っておねだりしてごらん？」

「意地悪ですね」

甘える声で囁いてから、千裕は床に跪いた。

雌犬みたいに床に這い、尻を大きく上げる。

咥えているところが一黎に見えるよう、わざと彼に横顔を見せつける姿勢になった千裕は、そのままミケーレの股間に頬を擦り寄せた。

スーツの布地ごしにも、興奮している性器の形がわかる。

頬に押しつければ、その形に凹《へこ》む。でも、その快楽に仕える喜びを全身で示すかのように、何度も何度も千裕はそれに頬ずりをした。

「あなたを味わいたい」

夢見心地みたいに呟くと、ミケーレは千裕の前髪を掻き上げる。

「もっといやらしく、淫らに、猥雑《わいざつ》に言ってごらん」

「ミケーレのペニスをしゃぶりたい」

上目遣いに男を見つめながら、千裕は言う。

「喉奥まで咥えて、俺の孔を埋めつくすくらい大きく、固くなるまで舐めさせて」

「じゃあ、手を使わないで、口だけで」

千裕の髪を撫でながら、ミケーレは微笑んだ。

「手は、ペニスが大好きな千裕の雌孔を弄っていてごらん。欲しいって、ちゃんとおねだりしながら」

「……っ」

息を呑んでしまったのは、背筋が快楽で震えたからだ。ぞくぞくした。性器をねじこまれるための孔は、千裕の理性を粉々にするという、最高の解放感を与えてくれた。

「欲しい……」

熱い息を吐きながら、千裕は呟く。

「ほしい、ミケーレ……」

言われたとおり手は使わないで、ミケーレのスラックスのジッパーを引き下ろす。さらに、下着も。既に固くなっている性器そのものに邪魔されながらも、千裕はミケーレの欲望を剝き出しにさせた。

「ん……っ」

反り返った性器の幹の部分を、長く出した舌で舐め上げていく。既に熱く、固くなっているそこには、筋が浮いていた。その筋も丹念に辿っていけば、天を向いた性器の先端が潤《うる》みだした。

垂れだした先走りを、目を綴じて舌先で受け止める。先端から咥えるには、四つ這いのままでは難しい。仕方ないので、嚢《ふくろ》の部分を口唇に咥えた。

「……っ」

ミケーレが、吐息を漏らす。

鼻を性器に擦りつけるようにしながら、千裕は膨みはじめた嚢を柔らかく食《は》んだ。こりこりとする中身を刺激してから、嚢にも頬ずりした。

滴り落ちてくる先走りが、千裕の前髪や頬を濡らす。男の体液まみれで、淫蕩《いんとう》に耽る自分を恥辱と思わないよう、理性は感情ですでに飼い慣らしている。

男の欲望の雫に穢された顔で、千裕はうっとりと微笑んだ。

千裕の性器は、既に勃起しかけている。そして、再び性器に口づけながら、自分の中に指を入れる。

「……う……っ」

漢《おとこ》たちを歓《よろこ》ばせるためだけに存在する孔の中は、先ほどミケーレに弄られたこともあってか、従順に自分自身の指を呑みこんでいく。物ほしげな、うねるような肉襞の動きに、千裕はごくりと息を呑んだ。

「……ふ、はう……っ」

口内に、唾液が溜まる。ぴちゃぴちゃと濡れた音を立てながら、千裕はミケーレの性器を舐める。唾液まみれになったそれを、歯を口唇で覆い、丸めるような状態にしながら、側面から柔らかに食べていく。

「……大きい……」

溜息のように呟きながら、千裕は一黎へと視線を送った。こんなに美味しそうに男を食む自分を見ているだけの男を、挑発するように。

男の性器を愛撫しながら、顔を肉欲の証にまみれさせ、雌に調教された孔をほぐしていくと、自分が男の快楽に仕えるための道具になったのだと錯覚しそうになる。自我が溶けていく感覚は、悦楽に限りなく似ていた。

必要なのは快楽だけで、感情は消えてよい。獣みたいに、欲望に忠実になっていく自分が、千裕は嫌いではなかった。

「……この……たくましいペニスを、歓ばせてあげたい……」

途切れがちの声で、千裕は囀《さえず》る。淫蕩で、下品で、だからこそ強烈な快楽を与えてやれるのが自分だと、誇示するように。

「うーん、もっと下品な千裕を見せて？」

にやりと口の端をつり上げたミケーレに、千裕は微笑んでみせる。

今日の彼は、下品で猥雑なやり方がお好みのようだ。その欲望に応えることが、千裕の楽しみにもつながる。

彼らに調教されている間は、快楽に対する躊躇いを粉々にする意味もあってか、破廉恥《はれんち》な睦言《むつごと》で男をねだることを覚えさせられたものだ。

二人がかりで愛撫された感覚を思い出し、千裕の背筋はぞくりと震えた。

「この立派なペニスのせいで、俺の雌孔開きっぱなし……だからあ……。もう、こんなぐちょぐちょして……、濡れて……」

「淫乱だ」

それは、賛辞と受けとろう。

千裕は目を細める。

「俺は、あなたたちの雌だから……っ、あ……っ」

千裕はわざと、自分で自分の前立腺を刺激する。一気に反り返った性器の先端、蜜口《みつぐち》はだらしなく開き、ねっとりとした先走りを滴らせた。

「……はやく、早くこのペニスを俺にください、ミケーレ……。俺を使って、お願い……っ」

苦しげに、千裕は呻き声を漏らす。

「切なくて、疼いてる……っ」

熱い吐息をつきながら、千裕はミケーレを誘うように身をくねらせた。

「……いいね。俺は一黎と違って単純だから、そうやって全身で欲しがられると、なんでもしてあげたくなってしまう」

ミケーレはそう言うと、優しく千裕の髪を撫でる。

「俺に、千裕を捧げてもらえる？」

「……喜んで」

ミケーレの性器に恭しく口づけ、千裕は微笑んだ。そして体の向きを変え、ミケーレに向かって臀部を差しだすような体勢になる。

「ミケーレ、あなたのものだ」

囁くように告げれば、熱く滾《たぎ》った性器が押し当てられる。

「……っ、あ……！」

ふうっと息をついて、熱に浮かされたように千裕は囁く。

「熱い……」

滾った性器が、熟れきった孔に押し入ってくる。肉襞をぐちゅぐちゅと擦りながら奥を目指されると、千裕の雌の部分が歓喜した。

「……んっ、あ……、ああ……っ！　いい、ミケーレ、すごい……っ」

千裕の歓喜は、ミケーレを歓ばせるための演技ではなかった。辱められることで高められた体に、与えられた欲望は最高のプレゼントだった。

「すごいな。絡みついてくる」

ミケーレは満足げに喉を鳴らす。

「ペニスを頬張るのは、久しぶり？」

「……んっ、もちろん……っ」

あなたたち以外に、易々と体を許すはずがない。そう千裕は嘯いてみせる。

「……うっ、いい……もっと……、もっと奥まで」

肉襞は、ミケーレを誘うように蠢《うごめ》いている。だが、彼は簡単には、千裕にすべてを与える気はないようだった。

「浅いところも、好きだろう？」

「あうっ」

前立腺の位置を突かれ、思わず千裕は動揺した声を漏らす。反り返った性器の先端がだらしなく開き、濃い欲望の先走りを垂れ流してしまった。

まだ、一黎の相手をしなければいけないのだから、我を忘れるわけにはいかない。

（飛びそうだ）

そういう自制心を崩すのも、ミケーレの快感なのだろう。彼は何度も、孔の浅い位置にある前立腺を強く刺激した。

「……んっ、は……、あうっ」

がくがくと揺さぶられていると、強い快感がこみ上げてくる。交尾中の雌猫みたいに、何も考えずに嬌声《きょうせい》を上げてしまいたくなる。

「……っ、あ……そこ、いい……っ、もっとミケーレのペニスで擦ってください……っ」

「俺にご奉仕するっていうより、千裕が楽しんじゃってないか？」

からかい混じりに、ミケーレが笑いかけてくる。

「……んっ、ごめんなさ……い……っ、でも、ミケーレのペニスきもちい……からぁ……っ」

尻を平手で叩かれ、千裕の孔はきつくミケーレの性器を食い絞める。がちがちに固くなった男の欲望は、千裕の快楽のスポットを抉った。

ミケーレに奉仕すると言うのは、欺瞞《ぎまん》だ。

千裕は男から快楽を絞りとっている。

孔の快楽だけではなく、毛足の長い絨毯に胸板を押し当て、男たちによって肥大させられ、濃い色に染まった乳首を刺激する。

痛みを感じるほど凝ったそこに、柔らかい絨毯の感触はもどかしい悦楽をもたらし、切なさのあまり千裕は何度も何度も身を捩った。

ぶたれている尻には、じんとした熱い痛みが走る。だが、本気の力で叩かれているわけではなくて、震動も合わせて快感でしかなかった。

叩かれるタイミングにあわせて孔に力を入れ、痛みにすら歓喜する恥知らずを演じる。被虐趣味はないが、恥辱にまみれたセックスも悪くはない。

「……んっ、あふ……っ」

肩で大きく息をつきながら、少し顔を横に倒すようにした千裕は、自分を眺めている一黎を一瞥した。

(……見ている)

艶然《えんぜん》とした笑みを浮かべミケーレを受け入れる千裕を、一黎は面白い余興だと言わんばかりの顔で眺めていた。

ミケーレよりも、一黎に調教されていた時間が長いこともあり、千裕は彼に対しては教師のように感じることもあった。

破廉恥な、悦楽を得るための教育者。保護者とは思わないようにしているのは——熱い体の芯に、凍えたものを感じる。

脳裏に浮かぶ男の背中を掻き消したくて、千裕は自分から腰を動かし、浅い位置でいたぶりつづけるミケーレを奥へと招き入れようとした。

被虐的で、猥雑なセックスを好む、今の千裕はただの雌犬だ。そう思いこむことで、感傷を消そうとする。

「……千裕」

静かに名前を呼ばれ、千裕ははっとした。

一黎の闇色の瞳が、ひたりと千裕に見据えられている。

彼の口唇が、酷薄に歪んだ。

「誰のことを考えている？」

静かな問いかけに、思わず千裕は息を呑む。

背筋が震える。

見られている。

そして、見抜かれている。

千裕が隠しているものを、一黎は容赦なく暴き立てようとしていた。

（……っ）

一黎のセックスは、頭でするものらしい。そう、千裕は思っている。だから彼は淫らな千裕を眺めるのが好きだし、精神的に追い詰めることで快感に耽るのだろう。

今から千裕は、一黎の手によって精神的に貶められる。憎んでも憎みきれない、心の聖域を、淫猥に犯されていくのだ。

静かにソファから立ち上がった一黎は、悠然と這いつくばった千裕に近づいた。

彼は千裕の顎をつまみあげると、冷ややかに千裕を見下した。

「おまえは健気だな」

「……っ」

触れてほしくない部分に、一黎はざっくり切り込んでくる。彼に精神的に調教されきった千裕は、静かに体を震わせるしかなかった。

くすくすと、ミケーレは声を立てて笑う。

「千裕は悪い子だなあ。俺のペニスをおしゃぶりしながら、他の男のことを考えていたなんて」

「ひゃうっ！」

尻を引っぱたかれて、千裕は緩く背をしならせた。

「……ミケーレ……」

「甘えた声で名前を呼んでも駄目だよ。俺は、かばってあげないからね」

ミケーレは小さく笑う。

「ほら、一黎に叱《しか》ってもらいなさい」

まるで、少年時代の千裕を相手していた時のような声音で、ミケーレは言う。

彼はどちらかといえば千裕に甘いし、それが唯一無二でなくとも、愛情めいたものを感じることがあった。

ただ、その分、嫉妬を見せることもある。そういうときのミケーレは、甘く千裕を責め苛むのが常だ。

「……あ……っ」

千裕は口唇をわななかせた。

滾りきっていると思っていたミケーレの性器が、千裕の中でさらに大きくなる。

ねっとりした分泌液が増えたのか、少し身じろぐだけでも、ぐちゅ、ぬちゅ、と大きな濡れた音が漏れはじめた。

「千裕」

一黎は、すっと目を眇める。

彼は嗜虐の性癖があった。

肉体的にというよりも、精神的に辱めることを好む。千裕は、心を裸にされることのほうに、ずっと羞恥を感じるということを、一黎はわかっているのだろう。

「五島の名を呼びながら、私に奉仕をしろ」

「……っ」

問答無用で暴かれた。

心を裸にされた。

その途端、千裕は頬に熱がのぼせるのを、抑えられなかった。

「……一黎……」

嘆願するように名前を呼んだのは、もはやポーズでもなんでもなくなっていた。それがわかっているからこそ、一黎は満足げだ。

「五島のものだと思って、私の快楽に仕えろ」

「……嚙み千切りますよ」

「おまえに、それができるのか」

千裕の虚勢を切り捨てて、一黎は艶然と笑う。

五島。

かつての千裕の、養育係。いつも陰ながら見つめてくれた、慕わしい人だ。

父と離れて暮らした千裕を守り、そして――裏切った男。

彼のことをどう思っていたのか、今もどう思っているのか、千裕にだってわからない。

ほのかな慕情は、決して欲望を伴うものではなかった。でも、大事な存在だったのは確かだ。

彼を思い出すだけ、千裕の心は揺さぶられる。

その感情の正体すら、見定められることは叶わないままなのに。

一黎は、それをよく知っているからこそ利用する。

千裕の前の一黎は黒社会のボスではなく、この上もなく優秀な調教師だ。千裕は頰を紅潮させたま
ま、そっと一黎の指を舐めた。

「……させてください、ご奉仕させてください」

欲望にまみれた声で、千裕は嘆願する。

一黎の関心を引けた。

だからもう、理性は必要ない。

投げ出していい。

自分がどれほど男を誘えるのか、魅力的なのかということに注力するのではなく、本能のまま快楽を貪る雌犬になれる。

……理性も感傷も、快楽ですりつぶしてやりたい。

「『五島さん』のお……んちんをなめさせて」

自然と子供っぽい口調になって、千裕は一黎にせがんだ。そして、ミケーレの性器をきつきつに締めつけながら、一黎の下半身をまさぐる。

少し熱くなっているそれを、掌で千裕は包みこんだ。

「五島さん」

名前を呼ぶ声は、頼りなげだ。

彼を思い出すたびに、千裕は子供に返ってしまう気がする。

かつての自分は、彼を性的な目で見ていたのだろうか。

恋をしていたのだろうか？

もっと優しい、温かい感情だった気がするけれど……。

裏切られても憎めない、彼と話をすることもなく離ればなれになった千裕の心は、十年以上前のあの日で止まってしまっていた。


それを、千裕の情人たちは見抜いている。

「……んっ、は……ふ……」

一黎の性器を両手で支えながら、千裕はぺろぺろとそそり立つそれを舌で舐めていた。

男の性器がどうすれば奮い立つものかを徹底的にしこまれているはずなのに、上手くいかない。指先が震えて、我ながらおかしいくらいに震えてしまっていた。

「……ん、あう……っ、ごとうさんのおち……ん、おいしい……っ、あんっ、あふう……っ、きゃう……っ！」

五島さん、五島さんと繰り返し名前を呼んでいるうちに、目の奥が熱くなってきた。

一日会って真実を知りたい、ただそれだけの相手の名前を呼ぶことを強いられ、性器を舐めしゃぶっているのだ。

捨てたはずの、まっとうだった時代の感覚が蘇ってしまったのかもしれない。いつも以上に、恥辱感が増している。

煽られてしまう。

「千裕、俺を忘れちゃ駄目だよ」

「……んっ、ひゃう……っ、ミケーレ、そんな、はげしい……！」

奥を抉るように性器を突き入れられる。

腰を強く摑まれ、揺すぶられながらミケーレに激しく性器を出し入れされると、自分が男の肉欲のための孔になってしまったかと錯覚する。ミケーレが千裕の快楽を煽るのではなく、彼だけの快楽を追い始めたからだろう。

それが今の千裕を、何より辱めることになるのだと、彼もまたわかっているのだ。

「……『五島』のペニスを舐めながら、他の男を咥えこんで、イきそうになってるんだ。千裕は、本当に淫乱だなあ」

一黎の言葉遊びに、ミケーレまで加勢する。

心を捉えたままの、凍りついた遠い日の慕情を二人がかりで恥辱にまみれさせられて、千裕は小さく嗚咽《おえつ》した。

「……んっ、あ……やぁ……」

極力考えないようにしてきたのに、強引に五島のことを思い出させられる。心も少年時代に戻って、脆く柔らかく、感情的になってしまいそうだ。

そこを快楽で蹂躙されて、千裕は身も世もなく喘いだ。

「どうした？　早く舐めなさい」

わざとらしい日本語で、一黎が話しかけてくる。

「男のペニスが、大好きなんでしょう？」

わざとらしい、丁寧な口調の一黎が、何を意図してそうしているかは明らかだ。

「養育係のペニスを、ずっと舐めたかったし、咥えさせてほしかった。……そんな淫乱だから」

低い声で、一黎は笑う。

「捨てられた」

「……っ」

そんなはずはないと、千裕は心の中で否定していた。

五島に抱かれたいなんて、思ったことはない。

抱きしめられ、励まされ、支えられた心地よさは、決して男のペニスに奉仕したがって腰を振るような種類のものではなかった。

そのはずだったが、一黎の言葉は千裕にダメージを与えた。

ざっくりと、心が芯まで切りつけられた。一黎の残酷さは千裕を丸裸にするだけじゃなくて、心を折ろうとする。

そして、千裕の強がりも虚勢も奪い去るのが、彼の快感なのだ。

普段の千裕が、強くあろうとするほど、一黎は快感を得る。

「……あっ、は……、ごめんなさい、おちんち……、大好きで、ごめんなさい……」

ぽろぽろと涙をこぼしながら、千裕は一黎のペニスを舐め続ける。尻を叩かれながら、ミケーレの性器を締めつける。

涙を流せば流すほど、理性も何もかもが抜け落ちて、後には純粋な快楽だけが残る気がした。

「……っ、いんらんで、ごめんなさい……」

泣きながら、千裕は一黎のペニスを咥えこんだ。

喉奥まで迎えこんだ性器でえずきつつも、泣きじゃくる千裕は先走りの体液を啜りあげた。そして喉奥まで性器を受け入れ、強く扱いていると、ミケーレが遠慮なく千裕を突き上げた。

「……あう、ぐ……っ」

喉奥にも体奥にも、熱いしぶきを感じたのはほぼ同時だった。

「全部飲みこめ」

「こっちも、一滴残らず注ぎこんであげるからね」

前髪を摑むように飲精を強いられ、雌の部分にも種付けされている。全身を重く感じながらも、千裕は男たちを受け入れた。

「いい顔だ」

一黎は、満足そうに微笑んでいた。

「漏らさないように、強く絞めるんだ。このままベッドまでいこうか」

背後から聞こえてくるミケーレの優しい声に、精液を飲みこみながら千裕は頷いた。放心しきって、空っぽになった心は、快楽だけに埋め尽くされていった。

我にかえったときには、千裕は情人ふたりに挟まれるようにベッドに横たわっていた。もう、寝返りを打つ力もない。

（布団を敷くどころじゃないな）

大きく息をつくが、ろくに体に力が入らなかった。

久しぶりとはいえ、随分いじめられた。途中から記憶が飛んでしまって、自分がどれだけ浅ましく、破廉恥な真似をしたかは覚えていない。

（結局こうなったか……）

どれほど女王様然と振る舞おうと、千裕は一黎とミケーレには勝てない。娼婦以下の性玩具にまで堕とされる強烈な快感から、逃れられはしなかった。

男の味を千裕の体に教えこんだのは彼らだから、仕方がないのだろうか。

「起きたか、千裕」

優し声をかけてきたミケーレは、千裕の体を仰向けになっている自分の腹の上に引き上げた。軽く乳首を弄られ、千裕は小さく声を漏らす。

「ふふ、ここはぬるぬるだね。当たり前か。二人分の精液で、おなかが膨らんじゃうくらいになってたし」

「あ……っ」

だらしなく開き切った孔に指を入れられ、千裕は呻いた。ぬちゅぬちゅと、濡れた音が漏れてくる部分は、上手く絞めようとしても力が入らない。

「まだ放心しているな」

一黎が、千裕の頬に触れてくる。

彼はもうシャワーを浴びたらしく、軽く浴衣を羽織っていた。それが、やけに様になっている。

「明日まで、たっぷり可愛がってあげられるね。本当はもっとゆっくりしたいけれど、そうもいかないのが残念だ」

ミケーレは名残おしそうに、千裕の小さな孔を弄っている。

指でいたぶられるたびに、そこはひくひくと震えていた。腫れぼったくなっている場所を、指であやされる感覚が、千裕の息を乱していく。

「なにか……、用事が？」

掠れた声で、千裕は問う。

「私たちよりも、おまえがあまりのんびりできないことになるだろう」

一黎は、思いがけないことを言う。

「……え？」

意表を突かれた千裕が瞬きをすると、一黎が口唇を寄せてきた。可愛い顔だ、などと言う言葉をもらったのは、いったいいつ以来か。

ミケーレが、甘い声で囁いてきた。

「俺たちの可愛い千裕。周りがきな臭《くさ》いことになりそうだから、少し注意したほうがいいよ」

「……きな臭い……」

淡く甘い快楽に、全身を包まれかけている。

セックスの余韻を呼び覚ますような愛撫に身を任せつつも、千裕はミケーレたちの言葉に耳を傾けていた。

「前に麻薬で摘発されて壊滅した東和会《とうわかい》っていう組織が、一黎のところのライバルの緑布党《りょふとう》の下請けなんだけど、知ってる？」

「……一応……。先日からニュース沙汰《ざた》になっている……」

嬌声を上げつつも、千裕はライバル組織のことを思いだしていた。

「そこの連中が、千裕が一黎をたらし込んで情報を引き出し、警察に売り渡したせいだって、逆恨みしてるんだってさ」

香港経由で訪日したミケーレは、どうやら一黎と近況を交換しているらしい。おまえも早いところ教えてやればいいのに、と一黎には真面目ぶって言っている。

「……逆恨みですか……」

千裕は、眉を寄せる。

同業者の摘発は、単に迷惑でしかない。こちらまで、締め付けがきつくなる。

誰が麻薬だなんていうクリティカルダメージを与える情報を流すか馬鹿、と千裕は思った。

東和会の件は、千裕も詳細を聞いている。末端がドジを踏んで、東南アジアの某国で捕まったことがきっかけの摘発のはずだ。

それなのに、千裕に責任転嫁なんてしないでほしい。問題は、逆恨みは正当な対象相手ではなくても、成立することだ。

「私としては、おまえがどう捌《さば》くか楽しみにしていたのだが……。ミケーレに口を出されてしまったな」

一黎は、あいかわらず千裕を試すことが大好きだ。こういう男だから魅力的ではあるが、少々迷惑だった。

「千裕が女王蜂だからよ。俺や一黎を働かせて、蜜を集めてる。魅力的な女王様だから、奉仕したくなっちゃうよね」

　ミケーレは笑う。

　彼が基本的には千裕に甘いのは、出会った時から変わらなかった。快楽の楽しみ方を知っている男は、情人の扱いにも長けている。

「……ありがとうございます。これからもあなたたちに可愛がってもらえるよう、努力しますよ……」

　珍しくも一黎が、口唇を寄せてくる。千裕は控えめに微笑むと、ミケーレに抱かれたまま一黎の腕をとる。

　どうやら千裕がぼろぼろに泣き崩れながらセックスしたことで、一黎はいつになく満たされているらしい。甘い気持ちになっているようだ。

　千裕が一黎とキスをかわしたことで、ミケーレの嫉妬心が疼いたらしい。彼は小さく、千裕に嚙みついてきた。

「じゃあ、もう一度、今度は普通にしてみよう？」

　やきもち焼きな情人の言葉に、己の魅力を確認する。まだ自分には価値があるらしい。そう思うと、安堵の笑みが漏れた。

……まだ、彼らは千裕から離れていかない。
失った人のように。

第四章

一黎は日本の裏社会とつきあいが深いこともあり、日本滞在中は必ず護衛を引きつれている。京家が千裕の裏についているのは周知の事実ということもあり、日本滞在中は、極東太平会が公に本部としている屋敷に泊まることを好んだ。

経堂たちのように、執行役員の中には一黎を煙たく思っている者も多い。また、千裕が彼の情人であることは広く知られているので、余計に苦々しい気持ちになるようだ。

しかし、千裕の父を殺した左門を退けることができたのは、一黎の協力あってのことだ。だから、経堂たちのように過去を知る幹部にしてみれば、一黎や京家を邪険にすることはできず、面従腹背といったところか。

それに、いまだ極東太平会は京家との深い協力体制を築いている。千裕が当局の邪魔をかわしつつ、海外にまで事業展開できているのは、京家あってのことだった。

そうはいっても、感情的に部下たちが面白くないと考えていることまでは、千裕も諌めようがなかった。

なので、一黎が本部に泊まるとなると、千裕も少し気を遣う。

(俺に反発が向かれると困るんだよな……。まあ、一黎もわかっていると思うが)

ミケーレは、単純に千裕と愛欲に耽ることを好む。

だが一黎は若い頃に淫蕩の限りを尽くしたという噂もあり、千裕の理性を突き崩し、快感に堕としこむことを快楽としていた。それほど、千裕の体にがっつくわけでもなく、会頭としての公邸に泊めるからといって、毎夜床を共にすることは強制されない。

千裕にとってはありがたい話だ。

客観的に考えて、一黎はいい情人だ。精神的には、ぎちぎちに拘束されているように感じることもあるし、実際に彼はそのように千裕を仕込んでいる。

だが、極道という家業を継いだ千裕にとっては、彼ほど得がたい後見人はいない。仕事について相談すれば、彼はよき先達としての顔も見せる。

情人たちは対照的で、ミケーレは日本での気楽な立場を楽しみたいらしい。今回も、京都《きょうと》で一人旅をしたいからと、千裕の家には泊まらない。

もっとも、彼は千裕のもとにいるときは、できるかぎりべったりと千裕と愛し合いたいというタイプなので、彼が公邸に泊まらないというのは、千裕にとってはありがたい話だった。べたべたしたがるミケーレと、渋い顔をする部下との間で、板挟みにならずにすむ。

もっとも、ミケーレに甘やかされるのは、千裕も嫌いじゃない。傍にいたらいたで、恋人のまねごとをしながらすごすことあるほどだ。戯《たわむ》れだとわかった上で遊ぶのであれば、たまに愛し合っているふりをするのは、悪いものでもなかった。

本気にはならない。

もはや千裕は、誰かに対して、奥底から心を開くことはないだろう。

それが、たとえ体を開いている相手であろうとも。

誰かを利用することはあっても、頼ることはあっても、常に取引と割切りたい。それが、己の体一つであれば安上がりだ。そう、千裕は考えるようにしている。

だから、一黎やミケーレとの関係は苦ではなかった。二人とも、千裕から得られる快楽が目的であると、はっきりわかるからだ。

彼らを歓ばせることも、千裕にとってはまっとうな取引の材料を用意するということになるのだから、躊躇いはない。

何もわからないまま、切り裂かれることになった遠い日の、優しい男との記憶から受けた痛みを、千裕は忘れていない。

その痛みを乗り越えるために選んだ方法に、後悔もなかった。

一黎をはじめとする京家の人々が、まだ帰国する気配も見せないある日のこと、千裕はそっと家を抜けだしていた。

墓参りをするためだ。

たとえ腹心の部下たちの前でも、千裕は両親の話題を口にすることはない。殺された父親については、あくまで前会頭という立場から話題に出ることがあっても、それ以上の扱いをすることはなかった。

極東太平会に、内紛の歴史は刻まれている。左門のクーデターの際に、悩んだ挙げ句に彼の側についた組員もいた。

彼らを追放しなかった以上、融和を図らなくてはいけない。そのため千裕は、細心の注意を払っていた。

父を過剰に悼めば、かつての反乱分子たちの存在を際立たせ、また組の分裂を招く怖れもある。千裕は、それを望んでいなかった。

千裕が顔を覚えていない母親については、自分が感傷的な人間だと思われたくないこともあって、同じように話題には出さないようにしていた。

でも、話題に出さないからといって、彼らを忘れたわけじゃない。蔑ろにもしていなかった。千裕はいつも、父母の命日は早朝に、そっと花と線香を手に墓地へ行くと決めている。

父存命中にも、母の墓前に手を合わせることは、千裕の習慣になっていた。極道の道に入らないことを決め、父とも疎遠になってしまったあとは、月命日の墓参りを欠かさなかったくらいだ。父と縁遠くなり、母しか家族がいなくなったという、気持ちがあったせいかもしれない。

父の墓は、千裕が囚われている間にほぼ無縁仏のような形で葬られていたので、後々になってから母の墓の隣に改装した。

今の千裕が墓参りにいくのは、彼らふたりの命日にそれぞれ。年に二日だけのことだ。千裕も慌ただしい毎日を送っているため、毎月というわけにはいかなくなっている。

父の命日については、たとえば経堂などの古参は義理を欠かさずにいてくれるのだが、母は完全に組とは関係ない人で、息子の千裕だけが弔《とむら》っている状況だった。

ところが、母の命日に顔を出した千裕ははっとした。墓前に、白いひなぎくの花が供えてあったからだ。

千裕はまじまじと、その花を見つめる。そして、自分の抱えてきた、お供え用の花束へと視線を移し、思わず息を呑んでしまった。

ひなぎくは、亡き母が好きだった花だ。だが、仏花としては一般的じゃない。この花をわざわざ用意してくるとは、亡き母の好みを知っている人間としか思えない。
(……まさか)
千裕は墓を凝視した。
線香からは、まだ煙が細くたなびいている。
弔いに訪れた人は、まだ遠くにいってないはずだ。
(どこだ!?)
油断なく辺りに視線を配りながらも、千裕は墓地の出口に向かって駆け出した。
そして、ほどなく広い背中を見つけてしまう。
「五島さん……っ」
後ろ姿だ。
十年以上の歳月が流れた。
それでも、一目で相手が誰かはわかった。
それほど、千裕にとっては大事な人だったからだ。
「待ってください……!」
これ以上ないというくらいの大声を、千裕は張りあげる。
今、千裕の足を今動かしているのは、彼と話がしたいという一念だった。

話をして、千裕に教えてほしかった。

どうして、裏切ったのか、と。

しかし、声をかけても五島は止まらない。

去っていく彼の影をどうしても引き留めたくて、千裕は懸命に走った。

「会頭、どうされましたか……！」

千裕が置いてきぼりにしていた運転手兼護衛が、ようやく追いついてくる。声をかけてきた男に舌打ちしつつも、思わず千裕は命じていた。

「懐のものを出せ」

「か、会頭？」

「早く」

そう言いつつも、千裕は自分から護衛の拳銃を奪う。押し問答している場合ではない。こんな千載一遇の機会は、そうそうないだろう。

銃刀所持法違反を警戒し、千裕自身がこの手の武器を持って歩くことは滅多にない。それでも、まったく丸腰でいるわけにもいかず、こうして運転手や護衛に持たせているのだった。

早朝の、誰もいない墓地とはいえ、それを奪いとってしまったのは、千裕らしくもない軽率な行動ではあった。

拳銃にサイレンサーがついていることを確認し、千裕は五島に銃を向ける。

威嚇のつもりだった。

でも、時と場合によっては、おそらく千裕は彼を撃ってしまうだろう。

「止まってください」

護衛の声で振り返っていた五島は、ようやく足を止める。

彼は、静かな表情だった。

(……五島さん、年をとった)

千裕は、大きく目を見開く。

記憶の中の五島は、頼もしい養育係だった。今も当時の面影は残っているし、誠実で温厚な面差しにも代わりはない。

でも着実に彼は年をとり、そして疲れているようにも見えた。

たとえ千裕が発砲したとしても、そのまま撃たれてしまうのではないか……。

ふいに、そんな想像が千裕の胸をよぎった。

千裕は不安になる。

五島が恐ろしいのではない、今の彼から感じる儚《はかな》さ、翳《かげ》りが、不安だった。千裕はこの期に及《およ》んで、五島のことを心配していた。

好きな人だから。

千裕の胸の奥で、冷たく凍えて固まっていた感情が揺れている。五島の顔を見た途端にこみ上げてきてしまったのは、懐かしい慕情だった。

五島が姿を消してしまい、裏切られたかどうかもわからないまま、千裕がずっと抱えてきた感情が、今、胸の奥で大きなうねりとなっている。

「五島さん教えてください」

ようやく顔を見ることができた男に、千裕は尋ねる。

「本当に、父を裏切ったんですか？」

十年以上、口にしたくてもできなかった問いかけを言葉にした途端、ぐっとこみ上げてくるものがあった。

あれほど、感傷的にならないでいようとしていたのに、その誓いはもろくも打ち砕かれてしまったのだ。

千裕は愚かだ。

父を失い、自分を売り飛ばされても、五島の口から「裏切った」という一言がないのであれば、期待をしてしまう。

もしかして彼は、千裕を裏切っていないのではないか。あるいは、何か裏切った理由があったのではないか、と。

千裕を見つめる五島の顔には、過ぎてきた歳月が現れているようだった。しかし、昔と同じように、静かな表情だ。

そして、真っ直ぐな目をしている。

「……立派になられました、千裕さん」

五島に名前を呼ばれただけで、胸を締めつけられるような心地になった。その声に、かつてと変わらない温かさを感じてしまったから、なおのことだ。

「あなたの手が、そのようなものを握る日が来ることを、私は一度たりとも望みませんでした。……しかしこれは、私の罪なのでしょう」

五島は、溜息まじりに呟いた。

「撃ってください、千裕さん」

「……っ」

トリガーに指をかける。

力をこめる。

だが、引き金を引くことなんてできなかった。

撃ってしまえば、殺してしまえば、永遠に問いの答えはもらえない。

それとも、五島の眼差しのあたたかさの中に罪悪感を感じる以上、もはやそれが答えだと思うしかないのだろうか？

五島も、撃たれることを望んでいる。

（でも、俺は何も聞いていない）

どうして裏切ったのか、ということを。

五島の口から聞けなければ、意味はない。どれほど情報を集め、積み重ねても、結局のところは千裕の心には届かなかった。

……このままでは、千裕は永遠に気持ちの整理がつかないだろう。

（ああ、そうだ。この気持ちと決別できない）

千裕は、奥歯を噛みしめる。

千裕の五島への執着は、恋などではない。

人間性への信頼の問題だ。

彼への淡い慕情は肉欲を伴わなかった。かわりに、深い信頼とともにあった。絶対的だと思っていたものをわけがわからないまま失った千裕の心は、時間を止めてしまった。

信じた人に裏切られたということを、千裕はいまだ受け入れられないのだ。五島自身の言葉がない限り、千裕の中では十年以上前の出来事が終わってくれない。

割り切って、クールぶった関係性を続けているのは、怖いからだ。

自分の体を使った契約ごとを尊んだのは、目に見えるつながりだからだ。

情けない話だが、人の心というものを前に、千裕は怯みつづけている。

確かだと信じていたものが、そうではなかった。世界が逆転するようなあの衝撃が、千裕に深い爪《つめ》痕《あと》を残していた。

「俺は、あなたに復讐心があるわけじゃない」

拳銃を握ったまま、千裕は五島に語りかける。

「ただ知りたいんです。本当にあなたが父を裏切ったのか、ということを。そして、その理由を」

「……」

「俺が、これから前を向いて生きていくために」

五島を殺してしまえば、千裕は永遠に謎の中に取りのこされる。

五島は、じっと千裕を見つめる。

彼の肉厚の口唇が、かすかに動いた。

そのときだ。

「千裕さん、伏せなさい！」

不意に、五島が叫んだ。

緊迫した空気の中、千裕は咄嗟《とっさ》に身を動かす。すぐ傍の墓石の影に隠れるよう、身を潜めた。

小さく、空気が抜けるような独特の――音が聞こえたのは、次の刹那《せつな》だ。

そして千裕は、肩を抑えて蹲《うずくま》る五島に気がついた。

「五島さん！」

無言の後ろ姿に、胸を衝かれる。

（庇《かば》って、くれた……？）

千裕は大きく目を見開いた。

状況は、まだ把握できない。

ただ、五島が自分を庇ってくれたことだけは、千裕は理解していた。

ワンショットのあと、二撃めに備えた千裕を守るように、護衛が立ちはだかる。

千裕は感覚を研ぎ澄まして、辺りの様子を全身で警戒した。

「会頭！」

護衛に、千裕は銃を渡す。

辺りを窺っていると、三、四人の男たちが姿を現した。

狙われる、心当たりがありすぎる。

「千裕さん、逃げなさい」

千裕を振り返らないまま、五島は言う。

彼は肩から鮮血を溢れさせていた。

「あなたを置いていくことはできない」

自分の身の安全を確保しつつも、千裕は五島の言葉には従えなかった。

ようやく再会できた人を、土壇場で千裕への情を身を以て示してくれた人を、どうして置いていくことができるというのか。

この千裕の中に残った一抹の甘さが、命取りになるかもしれない。だが、捨てられるものではなかったのだ。

「五島、このコウモリめ！」

誰かの怒声が響く。

「嫁と子供が、どうなってもいいのか！」

罵られた五島の、大きな背中が微かに震えた。

（嫁と、子供……？）

千裕は目を丸くする。

千裕の知る限り、五島は独身だったはずだ。千裕の養育係を引き受けた以上、所帯を持つことなんて考えられないと言っていた気がする。

でも、いつのまにか、五島には家族ができていたのだ。

「……申しわけありません」

そう、五島が詫びたのは千裕に対してだった。

(ああ、そういうことか)

千裕は、すべてを理解した。

五島は多くを語らない。だが、察することはできた。彼の裏切りの原因は、組よりも、もちろん千裕よりも、大事な相手ができてしまったからではないか、と。

そして、極道としての五島にとって、それが弱点になったのだ。だから、狙われた。弱肉強食の世界では、弱みを抱えたものは立場が悪くなる。

(脅《おど》されたのか)

可能性は、十分にあるだろう。

「……っ」

千裕は、口唇を嚙んだ。

もどかしかった。

五島に言葉をかけたい。だが、今は五島と会話をしている場合ではないのだ。

こちらにも武器があるとはいえ、周りを囲まれている。

話をするのは、この場を切り抜けた後だ。

(どうするか……。こういう修羅場は、久しぶりだな)

相手を牽制しつつ、出方を見計らっていたそのとき、静かな緊張感を掻き乱すような音がした。

「あーあ、俺の子猫ちゃんは、ちょっと目を離すと、すぐいたずらするんだから。困ったおてんばさんだな」

聞き慣れた含み笑いの声に、千裕ははっとした。

「ミケーレ……！」

京都に行くと言っていたはずのミケーレが、なぜか京家の配下のものたちを引きつれて立っている。

彼らは、それぞれ武器を手にしていた。

大陸系の組織は、荒事を避けようとしない傾向にある。その殺気に、襲撃者たちも不利を悟ったような表情になった。

「大丈夫か、千裕」

ミケーレは、千裕の傍に駆け寄ってくる。

「君が、他の男の前で這いつくばる姿を見せるのは、実に面白くない光景だな」

冗談交じりに呟いて、ミケーレは肩を竦めた。

目が笑っていないことに、ぞくりとする。ミケーレがベッドの中でこういう顔をするときは、千裕を虐めたいときだと相場が決まっている。

つまりは、嫉妬の眼差しだ。

「なぜここへ、と聞く必要もないですね。助かりました」

千裕は息をつくと、できるだけ淡々とした態度をとった。

「一黎にも、礼を言わなければいけないですね」

「そうだね。あとで、俺と一黎、ふたりがかりでお仕置きだ」

ミケーレは小さく頭を振って、溜息をついた。

「……君らしくない、感情的な姿を見せられてはね」

「……っ」

千裕は、さすがにばつが悪くなる。

彼らが訪日した日のセックスを思い出す。あの時の、一黎の態度。五島を使って、千裕を執拗に嬲った。

そして、今ミケーレがこのタイミングで現れたということは――。

どうせ全部最初から、一黎もミケーレも気づいていたのだろう。

五島が、千裕の餌《えさ》に使われるということを。

たぶん、見張りをつけていたのは一黎の指示だ。彼のほうが、日本にはコネクションがあるし、部下を派手に動かしても目立ちにくい。

おかげで、ピンチらしいピンチでもなくなった。

「あなたも一黎も、少し過保護ですね」

千裕は、溜息混じりに呟いた。

千裕を自分たちが育てて一人前の大人にしたんだという顔をするくせに、一黎もミケーレも、まだ保護者気質から抜け切れていないところがある。

「千裕が可愛いからね」

ふっと、ミケーレは笑う。

「可愛いからこそ、お仕置きも必要かとは思うけど……。とりあえず、その男を病院につれていくか、止めをさすのが先か」

ひややかな目線を、ミケーレは五島に注いでいた。

千裕は、静かに言う。

「彼は、俺の父親代わりだった人です。……病院へ連れていってください」

「父親代わり？」

「ええ……、だから」

千裕は、イタリア語で付け加える。「俺に、近親相姦の趣味はありませんよ？」と。

ミケーレの冷たい殺気が、少し和らぐ。

嫉妬深い情人は、愛情の深い男でもあった。

苦笑いした、千裕は自分の部下に、五島を手助けするように告げた。

もはや、みずから五島を支えるような立場ではない。それをわきまえていることを、知らしめるがごとく。

第五章

「左門が、東和会と通じていた……？」

病院の五島を見舞った千裕は、思いがけない男の名前を聞かされ、愕然とした。

左門といえば、五島を引きつれて、千裕の父に反旗を翻した男だ。千裕と争って負けた結果、姿をくらましている。

どうやら、千裕は過去の亡霊に振り回されていたようだ。

「あの男、生きていたのか」

「……そうです。そのため、あなたと私の関係を、東和会に知られていました。本当に申しわけありません」

ベッドの上の五島はうなだれる。

真新しい包帯を肩に巻かれた姿は痛々しいが、命に別状はなくて何よりだ。

「例の麻薬の件で、ほぼ解体したも同然だというのに、ふざけたことをしてくれたものだ」

千裕は思わず、会頭の顔で呟いていた。

「……解体同然だからこそ、こんな派手な真似をしたのだろうが」

「その通りです。残党は、自棄《やけ》になっていました」

「……脅されたのか」

千裕は、小さく溜息をついた。

「……」

五島は無言だった。

だが、たくましい肩が小さく落ちる。見ているほうが痛々しいと思ってしまうほど、今の五島は打ちのめされているように見えた。

脅されたのだといえば、まるで裏切りの弁解をするようだと、五島は考えているのかもしれない。

そして、彼にとって、それは好ましくないことなのだ。

潔く、千裕に憎まれ、裏切りを裁かれたがっているのかもしれない。

こういう人だから、千裕も信頼し、慕ったのだ。

「所帯を持っているとは、知らなかった」

「申しわけありません」

「あやまることはない……です」

深々と頭を下げる五島に対して、千裕は口調を和らげた。

遠い昔を、思い出させるかのように。

五島とは、今、二人っきりだ。極東太平会の会頭渡月千裕としてではなく、彼に養われた子として、今だけは接したかった。

「私は養育係であり……、あなたに忠誠を誓った身でありながら、裏切りました。あなた以上に大事なものなど持たないと決めていたのに」

絞りだすように、五島は呟く。

「先代が殺されたのは、私の罪です」

時を隔ててはいても、五島の苦悩が伝わってくる。

それが、切り捨てようとしても切り捨てられなかった父や千裕への情ゆえのものだとわかってしまったから、千裕も目の奥が熱くなってきた。

「五島さん、教えてください。脅されたということなんですね？　俺が知りたいのは、あなたや俺に何が起こったかということなんです」

千裕が切々と訴えると、ようやく五島は重い口を開いてくれた。

「……左門に、女を人質にとられました。協力すれば組を抜け、所帯を持てるだけの準備をしてやると言われ、私は誘惑に勝てませんでした」

「誘惑じゃなくて、脅迫でしょう。今回と、同じで」

「……」

あくまで千裕に、自分を責めさせよう、憎ませようとしているらしい五島を、千裕は窘める。誘惑という単語を使ったあたりで、彼の心境が窺われた。

「俺が母の墓に参ることなんて、五島さんじゃないと知らない。東和会はあなたの存在を左門から聞いていて、利用したということですね。狙いどころは悪くなかった」

千裕は、小さく息をつく。

東和会について、ミケーレたちから忠告されたのは、つい先日のことだ。まさか、こんなにも早く、あちらが動いてくるとは思わなかった。

(あるいは、ここまで読んだ上で、日本に滞在を続けていたのか。そういえば今回、なかなか帰らないとは思っていたんだ)

千裕は、小さく肩を竦めた。

情人は、千裕には甘いところがある。東和会の残党が千裕につきまとわないよう、一気に排除するためのお膳立てをした可能性がある。

一黎が日本にくれば、裏社会ではそれなりにニュースになる。東和会の残党を刺激した可能性もあった。

だからこそ、ああやって東和会の動きを忠告し、千裕に注意を促していたとも考えられる。それに、準備よく護衛をつけていたこととも、つじつまがあった。

(……まったく)

千裕は口元を覆った。

一黎は、精神的なサディストだ。

ミケーレほど熱心に、千裕への欲望を説くこともない。

いつも冷めた目で、千裕を見定めようとしているようにも見える顔をしていた。

それでも、基本的には千裕には甘いのだ。

あるいは、自分以外のものが千裕を傷つけるのは気に入らないのだと、一黎なら涼しい顔で言うかもしれない。

「……千裕さんが、大変苦労をされたことも知っています。ご立派になられた。しかし、極道とは距離を置いて生きてきたはずのあなたの現状に、あなたの人生を変えてしまったことに、私は悔いても悔い足りません」

苦しげに、五島は呻いた。

「その上、さらにあなたへの襲撃の餌になるなど……。私は最低な男です」

五島は自嘲する。

「……死をもってお詫びするべきなのに、生に執着している」

「生に執着じゃなくて、あなたには誰よりも守りたい人がいる、ということでしょう？　そんなふうに言わないで欲しい」

千裕はそっと、五島の手を握る。

ごつごつし、節くれ立った指先だ。

この手が、千裕を支えてくれた時代が、確かにあったのだ。

何よりも大事にしてくれた。父との縁が薄い千裕にとっては、実の父以上の存在だった人だ。

「俺のほうこそ、あなたに謝らなくては。俺の養育係になってしまったばかりに、あなたは大事な存在を、危険にさらされつづけたんだ。申しわけないです」

「……極道になった以上、覚悟しなければいけないことです。それなのに、私は――」

「そういうあなたが、養育係になってくれたことが、きっと俺の幸福な想い出につながったんです。間違いありません」

千裕は大事そうに、五島の手の甲を擦った。

「母を早くに亡くし、父とも離れた俺に、あなたは温かい情を与えてくれた」

「千裕さん」

五島は打たれたように、はっとして顔を上げる。

そして、まじまじと千裕を見つめた。

「俺はたしかに、極道にはなりたくなかった。父の件がなければ、今の俺とは違う人生を選んでいたに違いない。でも、これも俺が選んだ道です」

千裕は、じっと五島を見つめかえす。

「俺は生きたいと願い、その願いに忠実だっただけです」

淡々とした言葉は、紛れもない千裕の本音だ。決して強がりでもない。五島に、この気持ちが届いてくれるといいのだが。

「……そしていつかあなたと出会い、どうして父を裏切ったかだけは聞いてみたいと思っていたんです。俺が信頼したあなたが、父代わりの愛情をくれたあなたが、欲に目がくらんで俺たちを売り渡すような人だとは思いたくなくて……、誰が何を言おうと、どう状況を説明されようとも、俺は納得できなかった。だから、あなたが裏切った現実を認められず、そこで心の時間が止まってしまっていました」

千裕は大きく、肩で息をつく。

「でも、こうしてあなたと再会できて、あなたは俺が思っていたような人ではないとわかったから……。もう、それだけで俺は十分です。今まで生きてきた意味がありました。極道という生き方を選んで、よかった」

深々と、千裕は頭を下げた。

「生きていてくれて、ありがとうございます。……そして、これからも生きてください」

五島へ千裕が願うことは、今となってはそれだけだ。


「随分、清々しい顔をしているな」

病院を出ると、よい青空が広がっていた。そんな景色に似つかわしくない、黒づくめのスーツ姿の男が立っている。

一黎だ。

彼が、こんなふうに千裕を出迎えてくれるのは珍しい。

千裕のために、部下を使うのを惜しむ人ではないが、立場が重いということもあり、彼が自ら動くことは稀《まれ》だった。

そのあたりは、いまだ御曹司であるミケーレとは、かなり立場が違っている。

車寄せに停めている車の向こう側から、ひらひらとミケーレが手を振っていた。珍しくも、運転は彼だったようだ。車もイタリア車だった。

一黎の部下たちは別の車に乗っているだろうが、こういう軽い真似をすることを好まない一黎が、ミケーレにつきあうのは、本当に珍しい。

「どうしたんですか、あなたまで出てくるのは珍しい」

「そうか？　私は必要なときには、動くことを厭《いと》わないが」

にこりともせず、一黎は言う。

ミケーレは、屈託ない笑みを向けてきた。

「千裕、車に乗って。ドライブしよう？」

「ですが、事後処理が」

東和会の残党に襲撃された件については、警察案件にするのが面倒だったということもあり、襲撃者を全員捕らえている。これから、彼らの処理をしなくてはいけない。

この病院に来る前に集めた情報によると、東和会の中で動いているのはごく一部のようだ。今回の襲撃者の背後にいる、元東和会の幹部についても、捕捉している。

（これから、じっくり「お話し合い」か）

面倒ではあるが、解決方法は見えていた。それに、今は京家の人々が来ていることもあり、綺麗に片付けることはできそうだ。

「大丈夫大丈夫。京家の連中がどうにかしてくれるって！」

ミケーレは、気楽なことを言っている。

「おまえもたまには働いたらどうだ」

一黎は、冷ややかにミケーレを一瞥する。

情人ふたりは、本当に気性が真逆だった。

「京家のネットワークのほうが、この島国じゃ使いやすいだろう？　俺はかわりに自分で動いて、現場に出たりして、肉体労働はしてるじゃないか」

ミケーレは肩を竦めた。

ミケーレの明るい笑顔や、一黎の澄まし顔を見ていると、彼らとの十年以上の歳月が、一気に蘇《よみがえ》ってくる。

（長いつきあいだったな）

どことなく回顧じみて、千裕は考えていた。

ずっと引きずってきた過去から、少しずつ手を離していけそうだ。そう、心の中で、千裕はこっそり考えてしまっていた。

正直にいってしまえば、千裕が極道の道を選んだのは、単純な復讐心ではなかった。

五島と会いたいという気持ちが、何より強かったのだ。

それは己の心に芽生えた人間不信に負けて潰されないための、千裕の前向きな意思ゆえだった。なにより、生きることを諦めたくない、千裕のあがきだった。

しかし、五島と再会するという目的は果たされたのだ。そうなると、千裕が極道として生きる目的がなくなってしまったことになる。

（すぐとは言わないが、後継者が見付かったら、いずれ組を離れることにしよう……）

五島の病室を出たあと、こうして外に出てくるまでの間に、真っ白い病院の廊下の壁を眺めながら、千裕はその気持ちを固めていた。

（彼らとの関係も、それまでになるな）

一黎とミケーレへ交互に視線を投げかけながら、千裕はぼんやりと考えていた。

取引の結果としての、情人関係だ。

極道としての道を捨てた千裕は、彼らにとっても縛りつけておくメリットは減るだろうし、別れ別れになるのは必然だろう。

単純な情愛はない。

だが、千裕がここに辿り着いたのは、間違えなく二人のおかげだ。

ひとかたならぬ思いはあった。

いつか、最後の日がきたら、別れの言葉は「ありがとう」だろう。そう、千裕は思っている。

そして、その日が来るのは近いのかもしれない——。

感傷に胸を疼かせていた千裕の肩を、一黎は抱いた

「とりあえず、車に乗りなさい」

促した一黎は、鋭い口調で付け加えた。

「……そのあと、お仕置きをしてやろうじゃないか」

「……っ」

官能の香りが漂う笑みを、一黎は浮かべる。

「鋼のような心を持てといったのに、取り乱したそうだな？」

「……お手柔らかに」

千裕は思わず呟いていた。

また心の底を暴くような、手ひどいセックスの相手をさせられてしまうのだろうと、半ば覚悟を決める。

感傷的に過去を振り返ることを、一黎は許してくれないようだ。

「それに、教えてあげなくちゃね。なにもかも終わったみたいな顔をしていても、そうはいかないってことを」

一黎とは反対側から、ミケーレが千裕の腰を抱く。

「……っ」

千裕は、思わず眉を顰《ひそ》めてしまった。

どうやら、ミケーレにもすっかり見抜かれているようだ。

(俺は、そんなにわかりやすいのか)

千裕は、小さく息をついた。

彼らに隠し事ができるとは思っていなかったが、ここまで何もかもお見通しだと言わんばかりの態度を取られてしまうと、ひどく自分が単純な人間のように思えてきた。

苦笑いするしかない。

「おまえの執着が断ち切られたようで、喜ばしいことだ」

一黎の言葉に、ちらりと千裕は彼へ視線を向けた。

まさか、彼がそんなことを言い出すなんて思わなかった。

そんな——嫉妬めいた言葉を。

一黎はいつも超然としていて、俗っぽい感情に囚われるような人ではないと、漠然と思っていたのだが。

「意外そうな顔をするな。この私が、どれだけおまえに手塩をかけていると思っているんだ」

一黎は、細い眉を上げる。

ミケーレは軽く肩を竦める。

「嫉妬をスパイスにしたセックスも気持ちいいけど、そればかりっていうのもひりつくんだよね。だから、これからが楽しみだなあ」

にやりと笑った彼は、ひょいっと千裕の目を覗きこんできた。

「これでもう、千裕が胸に抱えているものは、何もなくなったよね？」

「……今、それを言いますか」

千裕は戸惑った表情になる。

五島への執着が、見抜かれていたのは知っている。しかし、それが解消されたからといって、露骨に優しい声にならないでほしい。

まるで、千裕の気持ちを尊重し、今まで嫉妬で胸を焦がしながらも見守ってきたと言わんばかりに聞こえてくる。

彼らふたりの感情が、そんなふうに重いものだなんて、千裕は想像の範疇《はんちゅう》外だ。

千裕が生きる世界を変えれば切れそうな縁だと思っていたのに、そうはさせないと言わんばかりの態度には、戸惑うしかない。

そんなの、今後の予定には入っていない。

「今言わないと、おまえは一人で終わらせる算段をしそうだからだ」

一黎はそう言うと、千裕の頬に顔を近づけてくる。

その黒い瞳の前では、隠し事はできない。

「そうそう。今だからこそ、ちゃんと捕まえておかないといけないだろう？　恋はタイミングが大事だしな」

茶目っ気たっぷりに、ミケーレはウインクしてみせる。

「俺は、恋をした覚えはありません」

千裕は、きっぱりと言う。

五島の一件で、もう誰も信じないでいようと思っていた。契約で結びつく関係のほうが、楽だとしか思えなかった。

そんな千裕が、恋なんてしようと思えるはずがない。

絶対にしないと、決めていた。

「そう、これまではね」

ミケーレは、さらりと千裕の意地を受け止めた。

「でもこれからは、心も新たに千裕と恋ができそうだから、俺は嬉しいよ」

「ああ、しがらみを断ち切ったおまえと、もう一度始められる」

一黎までも、これまでになく甘いトーンで、千裕に囁きかけてくる。

一黎もミケーレと同じで、情人に嫉妬するという感情を持ち合わせていたのだろうか。ただ、プライドの高さから、それを露わにせず、精神的なサディズムとすりかえていただけで。

（随分、俺はいじめられたと思うんだが……）

情人の思わぬ一面が、千裕を戸惑わせていた。

一黎みたいなプライドの塊のような男が、千裕の態度に苛立《いらだ》ちつつも、手放そうとも強引に従わせようともしなかったということは、それだけで思いが深いように感じられてしまう。困る。強烈な感情を、心地よいだなんて思わされてしまいそうだった。

千裕も勝手だが、この男たちも勝手だ。

みんな勝手だ。

勝手だが——ああ、と千裕は嘆息した。

右頬にも左頬にも同時に口づけられ、予想外に千裕の胸は高鳴る。思わぬあたたかい温もりを受け止めきれず、狼狽えて千裕は目を閉じる。

まるで、どうとでもさらってくれと言わんばかりに。


ドライブと言いつつ、ミケーレが車を走らせた先にはホテルがあった。

海辺の大きなシティホテルに、イタリア車は映える。そういえば、この車はどこから調達したのか

と問うと、「所用で、『我々の友人』のところに顔を出したついでに、借りてきた」と言う。イタリア車じゃないと運転できない、と。

シチリアマフィアが『我々の友人』というときは、相手も同業者であることを示す。ミケーレも、旅行にいくといいつつ、どうやら自分の組織のツテを使い、東和会の残党の対応をしてくれていたようだった。

（本当に、この人たちは俺に甘い）

千裕は、小さく息をつく。

いや、本当は「甘い」という言葉では、ミケーレや一黎の感情を表すことは適切ではないのだろう。そのことは、今の千裕にも伝わっている。

千裕は、愛されているらしい。

まだ、彼らの気持ちにぴんと来ていない。

愛されている？

この体に、彼らが魅力を感じているということであれば、わかりやすい。でも、彼らが求めているのはそれ以上のものなのだと、千裕も朧気に理解する。

千裕は、本当の意味で保護者として求めていた男を、養育係の五島を取り戻した。執着へと変わっていた、彼への思慕を昇華させることに成功した。

一黎もミケーレも、その瞬間に至るまでを見守りつづけてくれた。

そして目の前の男たちは、そんな千裕に、次は自分たちの番だと迫ってきている。

「まだ夢心地……、いや理解できないという顔をしている」

一黎は、千裕の顎を摘まみあげる。

「……そう見えますか」

「ああ、途方に暮れた迷子のようだな。おまえのそんな表情を見るのは、初めて会った日だけだ。しかも、そのほんの最初だけだな」

喉奥で一黎は笑っていた。

「……」

一黎と初めて会った日の千裕なんて、困惑と不安で、たいそう無様な姿をさらしたはずだ。その頃を連想すると言われても、嬉しくはない。

「……それは、俺はよほどひどい顔をしているということですか……」

「いとけなくて、愛らしいと言えば満足か？」

一黎は、小さく笑う。

「そんなおまえが気丈に振る舞いはじめた瞬間は、痛々しくも美しかった。弱さを見せた後だからこそ、より輝いたんだ」

「……そういうことを、言いますか」

千裕は思わず、動揺してしまう。

一黎は普段、およそ口説き文句などからは縁遠い。だからこそ、こんなふうにあけすけなことを言われると、効いてくる。

勘弁して欲しい。

「なんだよ、千裕は照れてるのか。顔が真っ赤だ」

ミケーレは、千裕の肩を抱いて頬を擦り寄せてきた。

「俺がどんなに愛を囁いても、そういう顔をすることってあまりないのにな」

「聞き慣れないことを聞いて、動揺しただけです」

「動揺じゃなくて、照れだろう？　なんにしても、一黎は得しているな」

笑っているミケーレだが、目つきは鋭い。

いつものごとく、嫉妬の眼差し。

愛欲を楽しむ人だから、情人である千裕にもそういう顔をするのかと思っていた。嫉妬も快楽のうちだと、言い放っていたのも聞いたことがある。

恋多き男は、そうやってこの世の快楽を貪り尽くしているのだと、思っていた。

だが、もしかしたら、もっと強い気持ちが、その眼差しに秘められていたのかもしれない。見つめられているだけで、ぞくぞくしてきてしまう。

「部屋にいったら、もっと照れちゃうことしてあげよう」

ミケーレは、甘く微笑んだ。

「……ああ、そうだな。覚悟をしておけ」

一黎は、不遜に言い放つ。

「よその男への執着を追い払った場所に、私を詰め込んでやる」

「おまえだけじゃないだろう、一黎。俺もいるんだから」

ミケーレは、軽い調子で一黎を牽制した。

ふたり揃って勝手なことばかり言っている。千裕は眉を顰めて、無言を貫くことに決めた。スマートな返しを、思いつけない。

(調子が狂ってるな)

自分が今更、このふたりに対して、演技でもなんでもなく、初心な反応しかできなくなるとは。千裕は、想像もしたことがなかったのだが。

「何を悩ましい顔をしている。おまえには、何も悩むことなどないだろう」

一黎の黒い瞳が、ひたりと千裕を見据える。すべてを見通す闇色の眼差しは、いまだ千裕の全身を絡めとる力があった。

「そうだよ。千裕が選べないし、選ばないと言うなら、俺たちは与えつづけるだけだから」

他の男の影を十年以上追いかけ回していた千裕を、手元に置き続けた。その時間の長さを舐めるなと言わんばかりの、自信に満ちた笑顔で、ミケーレは断言した。

「それを教えてあげるから、ベッドへ行こう」

両サイドから腕をとられる。

千裕は深く息をつく。

そして、なにもかも吹っ切るように、ゆらりと頭を横に振る。

流されるなんて、まったく千裕らしくない。

多分、五島とのことが解決し、冷たく固いもので覆っていた心が溶け出したせいで、ふたりの男の思いに千裕の胸は揺らされやすくなっているのだろう。

それでも、揺らされたからといって、流されるつもりはない。

受け止めるかどうか、決めるのは千裕だ。

これまで、そうして来たように。

千裕は、一黎とミケーレを交互に振り返り、笑顔を振りまいた。

「……わかりました」

そう言うと、千裕はさりげなく腕を解く。そして改めて、自分からしっかりと二人を捕まえた。

「そこまで言うなら、教えてもらいたくなりました。……あなたたちが、どれほど俺を可愛いと思ってきたのか」

だからベッドに行きましょう。そう、千裕は男たちを誘う。

「そう来なくっちゃ」

「ああ、おまえは本当に、屈服させ甲斐のある気位の高い『女』に育ったな」

満足げな男ふたりを引き連れるように、女王然と千裕は頭を上げた。


東京湾の夜景には、早すぎる時間だ。高層階から見下ろせば、昼の海も空もなかなか悪いものではない。

もっとも景観を楽しむ余裕なんて、最初から千裕には関係なかったが。

部屋に入るなりに、二人から抱きすくめられた。濃厚なキスを代わる代わるにしかけられながら、衣服をすべて剝ぎ落とされていく。

いつも、自分で脱ぐことが多いせいか、一黎やミケーレに服を脱がされながら、「綺麗だ」と囁かれ、肌に口唇を落とされると、千裕はそれだけで狼狽してしまった。

（なん、で……っ）

肌を吸い上げられるたびに、体が震える。裸にされていくだけなのに、淡い羞恥で体が上気してしまっている。

こんなことは、初めてだ。

まるで、何も知らない少女のような反応だった。初めての時だって、緊張のあまり、ここまで敏感に、恥ずかしがらなかった気がする。

「……初心だな。真っ赤になっている」

「あ……っ」

千裕の胸元に口唇を寄せ、ミケーレはほくそ笑んでいた。

「服を脱がされるのも初めてな、処女みたいに恥ずかしがっている」

「……っ」

さすが、十年以上も千裕を抱いてきただけある。些細な反応も、お見通しということらしい。

「ああ、初々しいことだな。触れられるだけで、こんなに頬を染めて」

千裕の臍から性器のあたりまで、撫でおろしていく一黎もまた、ミケーレと同じようなことを言っている。

千裕がわかりやすすぎるというより、この男たちが敏すぎる。そう千裕は思った。

色事に慣れた彼らにとって、千裕の反応の瑞々しさは、己の与える快楽の成果として目に心地よく映るのだろう。

男に嬲られることに慣れきって、熟れた体。ミケーレが口づけている千裕の乳首は男たちに弄ばれつづけることで大きく膨らみ、乳輪の色も一際濃かった。さらに、一黎が性器からさらに奥へと指を這わせていくが、その孔も男の欲望に合わせて変形してしまっている。こんな体で、初々しいも何もない。

それなのに、男たちは楽しげに、千裕の体をまさぐりつづけている。

手のひらからは欲望だけでなく、千裕の体を慈しむような温もりが伝わってきた。固くあろうとしてきた心は、今柔らかくなってきている。そこに、温もりが染み渡るような気がした。

「……あ……っ」

千裕の口唇が解け、まろやかな声が漏れてしまった。

ただ体を撫で回されているだけだ。強烈な刺激が与えられているわけでも、性器を弄ばれているわけでもない。

それなのに、体の奥深くから、疼くような熱が溢れ始めていた。

「……や……っ」

三人の男の体重を受け止める大きなベッドの、シーツの波間に溺れながら、千裕は切な苦しげに喘いだ。

「……こんな……なに……？」

こんこんと、尽きない泉のように溢れだす快楽に、千裕は戸惑いの色を隠せない。ゆるゆると高められていく熱が、切ないような疼きを体に与えるということも、千裕は初めて知った。

「……ん？　どうしたんだ、千裕」

千裕の右側から、乳首をまさぐり続けているミケーレが、優しく尋ねてくる。

「どこか、辛いところがあるのか？」

「……ちがい、ます……」

千裕は、小さく首を横に振った。

「でも、こんなの……。はじめてで……」

「こんなのって？」

「……こんな、滲みだす……ような……」

強烈に快楽を引きずりだされるのでも、自分から煽り立てるのでもない。体内には静かに、快楽が満ちあふれていく。

その独特の感覚を、どう説明したらいいのかわからない。

喘ぐように震える口唇を、一黎が塞いだ。

「ん……っ」

しっとりと重ねた口唇の感触が優しすぎて、思わず千裕は目を閉じてしまった。まるで、照れているみたいで、ますます気恥ずかしくなる。

「随分、素直で可愛い顔になる。……いつも気丈に振る舞っているおまえが、私の前でだけそんな顔を見せるんだと思うと、痛快だな」

口唇を少しだけ浮かせるようにしながら、一黎が囁いた。

「おいおい、俺もいるってば。俺も！」

ミケーレはそう言うと、横から千裕の口唇を奪いにかかってきた。

「……っ、あ、ん……！」

代わる代わるキスをされて、千裕は途切れがちに声を漏らした。キスなんて、もう何度もくり返してきたのに、一黎にせよミケーレにせよ、何をむきになっているのか。

まるで、恋を覚えたての少年みたいだ。

（この人たちに、そんな時期があったとも、思えないけれども）

可笑しくなってきて、千裕はつい笑ってしまった。

「……俺を初々しいというけど、あなたたちだって大概……」

くすくす声を立てて笑っていると、お仕置きとばかりに乳首をきゅっと摑まれる。

ミケーレにしても、一黎にしても、力のいれ具合は絶妙だ。笑みを含んだ千裕の口唇から、つややかな甘い吐息が漏れはじめるのは、時間の問題だった。

「……んっ、あ……ああ……っ」

乳首を摘まれただけで、千裕の性器はぴくぴくと反応をしはじめる。快楽を強要されるやり方に慣れているはずの場所だが、今は甘ったるくぬるい快感が胸から落ちて集まってくるのを、楽しむように震えていた。

「今日は、千裕をうんと気持ちよくしてあげる」

摘まんだ乳首を撫であげながら、ミケーレは囁く。

「……ああ、たまには良いだろう」

一黎が、珍しく千裕の性器に触れてくる。奉仕のご褒美としてしか快感を与えてくれない男が、優しく千裕の欲望そのものに触れてくる。それだけで、思わず腰がひくついてしまった。

「……あ……ん……っ」

千裕の口唇から漏れでる声も、今日はやけに甘ったるい。べたべたで、わざとらしい人工甘味料みたいな甘ったるい空気。でも、たまにはこんなのも悪くないと思う。

こういうわかりやすいほどの甘さで、一黎にせよミケーレにせよ、千裕の体に自分たちの欲望を教えこもうとしているのかもしれない。

これから先も、絶対に放したりはしない、と。

全身を撫でられ、舐め回される。大きく足を開かれて、孔の中まで一黎が愛撫するので、千裕は半狂乱になってしまった。さらにミケーレが、千裕の性器を直接口に含み、可愛がる。すっぽりと温かな口内に包みこまれることで、千裕はあっけなく果ててしまった。

「……っ、あ、や……ぁ、い……い……っ」

性器を、性器と成り果てた場所をしとどに濡らされ、快楽だけをひたすら与えられる。千裕にとって、こんなセックスは初めてだ。挑発も何もない、ただぬるいだけとしか思えないような行為なのに、ひどく興奮してしまっていた。

甘やかされている。

ぞくぞくした。

セックスの意味が、変わってしまいそうだった。

千裕にとってのセックスは、男たちに奉仕するための手段でしかなかった。すべて奪われた後に千裕に残された唯一の財産を利用した、等価交換の材料だった。

それなのに今、千裕が一方的に快楽を与えられてしまっている。千裕の中で、セックスの概念が崩壊していく。

「……い、や……っ、あ……、あぁ……んっ」

一際甲高い声で、千裕は喘ぐ。

その途端、もう我慢できなくなってしまった。

「……っ、ねが……い、来て……っ」

快楽の涙に泣き咽びながら、千裕は情人たちを誘惑する。

緩みきった孔は、開きすぎるくらいに開いていた。ぐちゃぐちゃに濡らされたそこは、早く男を咥えたくて寂しがっている。

「お願いです、ふたりいっしょに……」

昂ぶりすぎて、舌っ足らずになってしまう。

拙い誘い文句だったが、男たちの腕は千裕の体に伸ばされ、受け入れやすい体勢をとらせてくれた。

「本当にいいの？　今日は、もっととろとろになるまで可愛がってあげようと思ってたのに」

「これ以上……、されたらどうにかなる……」

大きく喘ぎながら、千裕は恨み言を言う。

「あなたたちのせい、で……。いれられない……と、みたされない……からぁ……」

孔にあてがわれた雄の欲望に、千裕は満足げな息を漏らす。

一番太い部分を呑みこむ瞬間、思わず息が詰まった。限界まで広げられたそこからは、鋭い痛みさえ生じる。

しかし痛みごと呑みこんでしまえば、後に待っているのは強烈な快楽だった。
「……あっ、ああ……っ」
大きく広げられてしまった孔を、情人ふたりが埋めていく。
千裕は、このふたりのものだ。
そしてこの男たちは、ふたりとも千裕のものだった。
満ち足りた笑みと共に、千裕は己の情人たちの愛を食らった。

おわり

トリニティ

第一章

「……珍しいな、千裕《ちひろ》からか」

電話がかかってきていたことに気がついて、京一黎《けいいちれい》は眉《まゆ》を顰《ひそ》める。

日本《にほん》で暮らす情人が、メールではなく、電話でわざわざ連絡してくるのは、とても珍しいことだった。

お互いに多忙で、電話はすれ違いになることが多い。それなのに、あえての電話連絡は、なにか火急の用でもあったのだろうか。

(ここしばらく、日本も平穏なはずだが……)

つい先日、千裕に逆恨みしていた組織が、ひとつ潰《つぶ》れたばかりだ。ついでに、千裕がずっと引きずっていた男のしがらみからも解放した。

多少なりとも、裏から手を回し、小細工をした甲斐《かい》があった。

一黎にしてみれば、万々歳。これで、千裕の心に巣くう存在はいなくなった。

あとは一黎と……、業腹だがミケーレを、千裕に自らを与えつづければいいだけだ。そうすればいずれ、あの千裕の中は、一黎とミケーレだけで一杯になるだろう。

いや、既になっているだろうか。

一黎は幼い頃から、あまり感情を露《あら》わにしないように教育を受けている。また自分自身の感情をコントロールするすべも覚えていた。

それでも、千裕に対する執着は抑えがたかった。彼の養育係に対する感情が、どうしても面白いものには感じられないでいた。

千裕が、彼の養育係をどう思っていたのか。本当のところは、一黎も知らない。

肉欲もなく、ただ慕っていただけなのだろうけれども、昇華しきれない気持ちを胸に抱えた千裕は、一黎にとっては愛《いと》おしいとともに憎らしい存在でもあった。

千裕をいつから愛しく思っていたのかと問われても、一黎は答えられない。こういう感情が自分にあることすら、驚きではある。

千裕との出会いは、拉致《らち》だった。

別に、千裕本人に用があったわけじゃない。

世界中にネットワークを持つ秘密結社、京家の長として、日本での商売敵である極東太平会《きょくとうたいへいかい》の会頭の息子を利用するつもりだった。

しかし、せっかく取引材料として千裕を誘拐したというのに、肝心の千裕の父親がクーデターで殺されてしまった。

使いのものを極東太平会に遣《や》ったのだが、「渡月《とげつ》会頭の息子など、もう組には関係ないから好きにしろと言われました」と、一黎の怒りを怖れつつもストレートな報告をする部下の間抜け面に、誘拐してきた子供を面倒に思ったのが本当のところだ。

誘拐してきた日本人の子供など、一黎が興味を持つような相手ではない。ただ、懇意にしているシチリアマフィアの御曹司、ミケーレが千裕に興味を持ったことがきっかけで、一黎も千裕を視界に入れた。

そして、そのまま彼を手放せなくなった。

千裕は極道の世界から離れて暮らしていた、普通の大学生だった。少し大人しめな性格だったのかもしれない。

だが、不幸のどん底で、彼は輝いた。

マフィアふたりを、千裕は誘惑した。もちろん、子供じみて拙《つたな》くて、彼を抱ける状態にするまでが、一黎にしては珍しい労力を必要としたくらいだ。

ただ、教えれば呑《の》み込みが早い初心《うぶ》な体は、調教のし甲斐《がい》があった。

あの体に溺《おぼ》れたとまでは言いたくないが、周りからしてみれば、そう見えたのかもしれない。

千裕があまりにもよい生徒だったし、極東太平会を京家の支部にできるのであれば、新宿《しんじゅく》の利権を巡ってつぶし合いをせずにすむ。

千裕の父を殺した左門《さもん》が、どうにも信用できない相手だったこともあり、一黎は千裕の後ろ盾になるという選択肢を、彼と出会って一ヶ月後には考慮にいれはじめていた。

そして結局、千裕本人の希望どおり、極東太平会を彼の手に取り戻してやった。

戯《たわむ》れ半分に関わったのかと問われたら、それの何が悪いのかと返すだろう。最初に手をつけたのは、退屈しのぎだったことは否めない。

だが、その後も関係が続いていくのは、一人の男として、極道として成長していく千裕を、見つめている楽しみを見いだしたからだ。

一黎は香港《ほんこん》で暮らしているし、千裕は日本の組織を束ねている。イタリアに住んでいるミケーレよりは千裕に近いものの、年に何度も会えるわけではない。

一黎の束ねる京家は、香港の黒社会の中でも大きな結社だ。そこの頭目である一黎が、軽々しく動くのは難しかった。

まだ御曹司という立場であるミケーレは気楽なもので、商談にかこつけてよく香港まで訪ねて、さらに日本まで足を伸ばし、千裕を一人占めにしていることもあるらしい。

一黎としては面白くない話だが、目くじらを立てるほどでもない。

始まりから、ミケーレとは千裕を共有しつづけていた。気心しれた相手でもある。彼との関係には、一黎自身も大した不満はない。

(そういえば、結局千裕は、本懐を遂げたあとも、最後まで極道として生きる道を選んだのか)

極東太平会で客分として暮らしている、京家の手のものの報告を、一黎はふいに思い出す。

かつての養育係と再会し、なんらかの話し合いを持った結果、千裕はすべて終わったような顔つきになっていた。

彼はもともと、極道でありたかったわけじゃない。

一黎やミケーレも含めて、すべてを捨て去ろうと考えているようにも見えた。

だからこそ、二人がかりで彼を引き留めた。自分たちは単なる契約というだけではなく、千裕を欲しているのだと。

十年以上、手塩をかけて育てたお気に入りの情人を、誰が手放したりするものか。

おまけに、ようやく、彼の心の中から、他の男の影が消えたというのに。

どれだけ快楽のるつぼに堕《お》とそうと、決して千裕が手放さなかった男の記憶を、ようやく昇華させられたのに——。

(そもそも、おまえのような男は、極道の世界にふさわしい。自分の目的のためならば、なんでもできる。そういう、鋼の意思の持ち主こそ、夜の世界を泳ぎきることができるのだから)

一黎は、情人の顔を思い浮かべる。

ほっそりした容姿は、華奢《きゃしゃ》と言ってもいい。同じアジア系だというのに、一黎のような大陸の人間とは違い、千裕は柔和な美しさの持ち主だ。

だが、その眼差《まなざ》しの激しさと力強さは、彼に硬質のきらめきを添えている。そのきらめきこそ、一黎が愛してやまないものだった。

最後に会ったのは、もう半年ほど前になる。

一年くらい、顔を見ないことは珍しくない。千裕を『教育中』だった頃はまだしも、彼はすっかり成長している。

かつては貞操帯をつけさせて、徹底的に性の快楽の中へと彼を貶《おとし》めたこともあった。しかし、今の千裕には、そんなものは必要ない。

彼は一黎とミケーレの前に限っては、ためらいもなく享楽的な情人になる。たとえ離れていても、顔さえ合わせればすぐに、性の楽しみを共有できる相手になっていた。

情人として完璧に育ちきった千裕を拘束することをやめたのは、彼を信頼しているからだ。自分たちの関係にはそんな言葉は似合わないと、千裕は笑うだろうけれど。

一黎、と甘いトーンで名前を呼ぶときでも、千裕は媚《こ》びているわけではない。むしろ、一黎に挑むようだった。

快楽を分かちあうというよりも、まるで剣を切り結ぶかのごとく。あの緊張感は悪いものではない。

徹底的に、千裕を終わりない快感の中に堕《お》としめてやりたくなる。

そういう一黎の好みを理解した上で、千裕はああやって振る舞うのだろう。

快楽に耽《ふけ》りながらも、一黎の眼差しを意識している時の、千裕の緊張した横顔を眺めるのが、一黎は何よりも好きだ。

たとえミケーレに喘《あえ》がされていようとも、常に彼の心には一黎がいる。実に、悪くない。一黎の独占欲を満たす方法を、よく千裕は知っている。

昔から、賢い子だった。一黎の調教に従うだけではなく、積極的に好みを探るような真似さえした。あの強《したた》かさを、一黎は見こんだのだ。

千裕の後見人の座を買って出たのは、取引の結果ということになる。だが、千裕本人のことを、一黎は見込んでいた。

それゆえの、契約だ。

自分の見込みに間違いはなかったと、十年以上の歳月が経った今でも、一黎は断言できる。

「……さて、今回はどんな用だ？」

過去に千裕が電話をかけてきたときのことを、思い出す。ほとんどが、会頭になりたての頃の話だ。たいてい組の関係で、彼が一黎の助力を欲しているときだった。

情人だからといって哀願《あいがん》するわけでもなく、ビジネスライクに問題点を挙げ、相談してくる千裕の聡明さを、一黎は愛《め》でた。
だから、彼からの相談事は、煩《わずら》わしくもない。
少し考えてから、一黎は電話を掛け直した。
日本と香港の時差は、一時間。今、香港が二十三時なので、あちらはちょうど深夜か。
時間は気にせず、一黎は電話をかける。
三コールめで、電話はつながった。
甲高い、喘ぎ声とともに。

『……っ、あ……ん、あ……っ、一黎……っ』
甘っ足るい嬌声《きょうせい》混じりに名前を呼ばれて、一黎は溜息《ためいき》をつく。
これは予想外だ。
どうやら、悪趣味な遊びに、一黎は巻き込まれようとしているらしい。
「千裕、どうした？」
わざとらしく冷静に尋ねても、電話の向こうからはせわしない喘ぎ声が聞こえてくる。

「あーっ、あん……っ」と、千裕にしてはだらしない甘えた声は、彼の意識が快感で飛びかけている証だろう。

（ミケーレか）

一黎は、小さく息をつく。

千裕を共有しているイタリア男は、淫蕩《いんとう》な楽しみを知りつくしている男だ。それにしても、こういう遊びに一黎を巻き込むのは珍しいが。

（何よりも、千裕がつきあうとはな）

いったい、日本で何が起こっているのか。

一黎は、小さく肩を竦《すく》めた。

千裕が啜《すす》り泣くほど快楽に溺れているなんて、よほどのことだ。しかもその最中に電話をかけさせるなど、悪趣味な真似――、いわゆる『お仕置き』なのかもしれない。

思い当たった一黎は、小さく息をつく。

ミケーレは一黎よりも、千裕に対してのスタンスが普通の恋人に近いように感じる。だから普段は千裕に甘いし、愛の言葉も遠慮なく囁《ささや》くようだが、嫉妬心が疼いているときは、一黎よりも残酷に千裕を嬲《なぶ》ることが珍しくなかった。

いくら人当たりがよく、イタリアの陽光がよく似合う明るさの持ち主とはいえ、所詮ミケーレもマフィアだ。

支配欲も所有欲も人一倍の上、彼は悦楽に忠実だった。

プレイとして、サディスティックな行為を仕掛けることもある。今回はどういう趣向かは知らないが、何にしても一黎は強引に『遊び』につきあわされようとしているらしい。

一黎に、こんなふざけた真似を仕掛けてくる人間は、地球上のどこを探しても、他にはいないだろう。

（……まったく）

呆《あき》れてはいるが、つきあってやらないでもない。

一黎も、たいがい日々には退屈している。

人に会ったり、ひっきりなしに回されてくる書類や情報を精査しなくてはいけないので、多忙だった。だが、変化には乏しい。

京家のように大きな組織の頭目の暮らしが、毎日変化に満ちたものでも、それはそれで問題になるのだが。

どっしり構えているのが仕事のようなところもある。

そんな中で、快楽は日々のスパイスでもあった。

「どうした、千裕。随分、いい声で啼《な》くじゃないか」

とりあえず、喘ぎ声を聞いていても話は進展しないだろう。そう思って、電話の向こうに一黎は語りかけた。

『……んっ、あ……、たす、けて……ぇ……』

本当に危機的状況なら、まず千裕はこういう助けの求め方はしない。冷静に、そう一黎は判断していた。

つまりはプレイだし、相手はミケーレに決まっている、と。

「ミケーレに、何をされている？」

『……どう、して……』

「他の男が、おまえに私へと連絡をとらせるなどという、蛮勇《ばんゆう》を振るうはずがない」

淡々と告げると、電話の向こうから忍び笑いが聞こえてきた。

『なんだ、つまらない。もっと焦ってよ』

思ったとおり、ミケーレの声が聞こえてくる。

「ミケーレ……。おまえは本当に暇をもてあましてるな」

『いや、これでも一応、タイでお仕事があってね？　アジアは最近、景気がよくておおいに結構なことだよ』

ミケーレは、小さく笑う。

武器取引なのだろうと、一黎は判断していた。小さな国境紛争が盛んに起こっているアジアにおいて、使い古しの武器でも結構な商売になる。

もともと、ミケーレたちのファミリーはアフリカ向けの商売が多かったはずだ。しかし、全世界的なビジネス展開をしているし、日本にも極東太平会という大口顧客がいることもあり、販売網をアジアにも伸ばしているのだろう。

いずれ、利益のとりわけを、話し合いする必要が出てくるかもしれない。

そうなったときでも、おそらくこじれることはないのだろう。千裕を通して、深く結びついている相手だ。

『まあ、ついでに日本に寄っちゃったんだけど』

屈託ない、明るい声でミケーレは言う。

『千裕ときたら、国会議員と浮気をしたみたいで』

『……っ、あ、ああん……っ！』

ミケーレの陽気な声に重なるように、千裕の甘い悲鳴が聞こえてくる。鈍い打擲音がしたから、たぶん尻《しり》を平手で叩かれたのだろう。

千裕は、恥辱も痛みもすべて、貪婪《どんらん》に快楽に変えてしまう。

平手で尻を叩《たた》かれるたびに、雌《めす》と化した彼の孔《あな》はきつく締まる。その感触は、とりわけミケーレのお気に入りだった。

「浮気？」

ふっと、一黎は笑う。

千裕の容姿は、何も一黎やミケーレでなくても魅力的に思うはずだ。すれ違った人間が、十人いれば十人とも振り向かずにいられない、完璧な容姿の持ち主だからだ。

もっとも、千裕本人は自分の顔の価値には興味がないらしく、賞賛の言葉も話半分でしか聞かないらしいが。

千裕は自分の体を取引道具にすることに躊躇《ためら》いがないので、何か利益になれば、相手を誘惑することも躊躇わない。

本人に問いただしたことはないが、自分たち以外の男、あるいは女の体も知っているかもしれなかった。

一黎は、それを気にしたことはない。

むしろ、千裕の心にずっと巣くっていた、あの養育係のほうが、よほど目障りな存在だったと思っている。

ただし、ミケーレがどう思うかは、また別の話だ。

なにせ彼は、人並みに嫉妬をする。

（下手をうったな、千裕）

一黎は笑みを漏《も》らす。

ミケーレに責め苛《さいな》まれて、快楽の涙を流す千裕は、いったいどれだけ美しいのだろうか。

想像するだけで、胸が躍る。

「それで、ミケーレ。いったい、何のために千裕に電話させたんだ？　私に、千裕の喘ぎ声を聞かせたかっただけか」

『いや、千裕が恥ずかしがるから』

ミケーレは、しれっと言う。

『ただ、それだけの話だ』

「プレイに、私をつきあわせるな」

ミケーレとの実のない会話のうちにも、千裕の喘ぎ声はひっきりなしに聞こえてくる。甘えた喘ぎは、快楽への誘惑そのものだった。

『冷静だな。俺だったら電話をたたき切って、今すぐ航空券の手配するけど。だって、こんなに可愛《かわい》く啼《な》くんだよ？』

『……あっ、ひゃあ……、ん、あう……っ！』

一際甲高い声で、千裕は啼かされている。

『ほら、千裕。今なにをされているのか、一黎に教えてあげたら？』

『……ひ……っ』

『……一黎が来てくれない限り、ずっとこのままだよ』

『やっ、らぁ……っ』

啜り泣くように、千裕が呻《うめ》いている。

もうすっかり、快楽で壊れた後のようだ。

『……ぱい、おっぱい、ひりひりしゅるぅ……っ』

まるで子供に返ってしまったみたいに、千裕はあどけない口調になっていた。

『ミケーレが、おくすり……っ、いじめて……、まっかに……』

たどたどしく訴えてくる千裕の言葉で、おおかたは察した。

一黎は、深々と息をつく。

理性を自らの手で壊していくのが好きな一黎にとって、手っ取り早く薬を使うというのは、美学に反していた。

しかしミケーレは、こういう時にお構いなしだ。

「ミケーレ、なんの薬を使った」

どうせ、この会話を聞いているだろう男のほうに、一黎は声をかけた。

千裕は、まだ咽《むせ》び泣いている。

彼はもう、状況を説明できるだけの理性は残っていないのだろう。

ぐちゅ、ぬちゅと、国際電話だというのに、濡《ぬ》れた音がよく聞こえる。クリアな音質は、粘膜の淫らな音すら届けてきていた。

『お試しだったけど、よく効くみたいだ。これは好《よ》さそう』

珍しく、ミケーレがビジネスにやる気を見せている。

もっともそれは、千裕を乱れさせるという、付加価値あってこそなのだろうが。

「千裕で試すな」

遊びすぎる男を窘《たしな》めて、一黎は呆れ口調になる。

ミケーレのことだから、本当に千裕の体に害になるようなことはしないはずだ。しかし、快楽に対しては貪欲で、度を超すことが珍しくない。

『一黎は優しいなあ。面白い薬だっていうのに』

「情人を薬漬けでないと満足させられないほど、私は甲斐性《かいしょう》のない男ではない。……が、仕事の話だというのなら、また別に聞いてやらないでもないな」

電話をしながらも、一黎は自分の秘書を呼びつけていた。

これは、日本へのプライベートジェットを手配する必要がありそうだ。

千裕の調教には薬を使わなかった。それは一黎のポリシーでもあったし、長い間『使う』愛人に対しては、当然の配慮と考えている。

しかしミケーレは、快楽のためにならたがを外すところはあった。

日頃は、甘すぎるほど千裕に甘いのに。

『ちょっとしたお仕置きだ。それに、習慣性はそんなに高くないはずだよ。……まあ、お試しの調合だからね、こんなに激しく反応するとは思わなかったけれど』

「……ふん」

含むようなミケーレの口調に、新しいビジネスの気配を感じる。

しかし、今はそれを追及している場合ではなさそうだ。

「わかった、東京《とうきょう》に行こう」

『ふうん、来ちゃうんだ』

どこか酷薄そうな、皮肉な声音でミケーレは言う。

『よかったね、千裕。君は賭《か》けに勝ったな。運がよければ、それ、何時間後かにはとれるよ。でも、それまでは……』

『ひっ、にゃ……あ、あううう……っ！』

千裕はもう、意味のある言葉を綴《つづ》れなくなってしまったらしい。

もはや電話の向こうの千裕は、快楽で蕩《と》けきって、人の形を保てなくなっているのではないか。

そんな馬鹿げたことを考えてしまうほど、喘ぎ声は乱れきっており、一黎の鼓膜にへばりつくようだった。

「……さて、一黎は来てくれるみたいだよ。よかったね、千裕」

切れた電話を床に放り投げ、ミケーレはにこやかに微笑《ほほえ》む。

目の前にいる千裕は、スーツ姿のままだ、でも、ところどころ刃物で切り裂かれており、乳首や性器を強調するように露出させている。

勿論、ミケーレがやったことだ。

「悲しいよ、千裕。せっかく久しぶりに遊びに来たのに、あんな年食った政治家とデート中だったなんて」

「……んっ、ひゃあ……っ！」

性器をきつく握りしめると、千裕は嬌声《きょうせい》を上げる。

もはや、声を抑えることもできないらしい。

彼の性器の根元は、きつく紐《ひも》で結わえている。その上で、ミケーレは千裕の性器に愛撫《あいぶ》を与えていた。

千裕から快楽のコントロール権を奪い愛撫するのは、なにも初めてのことではない。でも今の千裕は、身も世も泣く快楽に喘ぎ、咽《むせ》び泣いている。

いつも以上に感じやすくなっているから、かなり辛いのだろう。きつい輝きを浮かべる双眸《そうぼう》は、涙に濡れて呆然《ぼうぜん》と見開かれたままだ。

そして、口唇を閉じることもできない状態になっている。

はあはあと荒い息をつき、快楽に乱れている千裕は、いつになく従順だ。いや、快楽しか考えられない状態になっているのだろう。

（……ここまでとは、思わなかったが）

ミケーレはちらりと、ナイトテーブルに置いた小瓶を見遣った。

お試しで、ひとつだけ仕事関係の作業所からくすねてきたものだ。二種類ほどの薬品を混ぜあわせてしまったが、まさかここまで強烈な効き目があるとは思わなかった。

残念なのは、ここまで効きがよすぎると、ミケーレ自身も千裕の肌には触りがたいことだ。ミケーレまで理性を飛ばしては、千裕の体を堪能できなくなってしまう。

あの剝《む》き出しになった、熟れきって肥大した乳首や、どれだけいたぶられても形がいい、綺麗《きれい》な色をした性器を舐《な》めてやれない。

これは、お仕置きだ。

(久しぶりに日本に来たっていうのに、乱交パーティーに年寄り同伴で顔を出して、腰を撫《な》でさせている千裕が悪いんだよ？)

ミケーレにしてみれば、不本意な話だ。

せっかく千裕を独り占めして楽しめると思っていたのに、仕事で出席したパーティーで、まさか男連れの千裕と鉢合わせするとは。

取り込んでおきたい政治家だったからと、千裕は言っていた。なるほど、彼に仕事があることも、極東太平会の長としてやらなくてはいけないことがあることも、わかっている。

わかっているが、嫉妬という感情は実に厄介で、時としてミケーレに子供っぽい真似をさせる。

(この俺に嫉妬させるとはね。本当に魅力的だよ、千裕は)

はじめて千裕を見初めた十年以上前には、彼が自分にとってここまでの存在になるとは考えてもみなかった。

シチリアマフィアの御曹司として生まれたミケーレは、父親が甘いこともあり、生まれた時からなんでも手に入れてきた。欲しいものを、我慢したことなどもない。

千裕も、ミケーレにとっては、そういう「欲しいもの」の一つだった。

ちょっとでも気に入ったら、手に入れる。それは、ミケーレにとっては、なにも躊躇う必要がない、当然の権利の行使でしかなかった。

千裕にはじめて出会ったのは、十年以上も前。父親に勉強してこいと言って送りだされた、香港での出来事だ。

あの時は、初心そうで、綺麗な顔をした少年を、情人にしてみたいと思っただけだ。そう、いつものように、欲しいと思ったから、手を伸ばした。

ミケーレにとって、その手の欲望は躊躇うようなものではなかったから、いつものように、気軽に。

（まあ、手が届く寸前で、一黎に邪魔されたけどさ）

古くから、家族ぐるみのつきあいである、香港マフィアの長の顔を思い浮かべる。

千裕と出会ったのは、一黎の屋敷だ。主を出し抜いて、彼がさらってきた少年を情人にしようとするのは、我ながら無茶だったかなと、ミケーレだって思っている。だから、大人しく千裕を一黎と共有しているし、その背徳的な快楽を楽しんでもいた。

だが、嫉妬をしないわけじゃない。

先ほど、「いかせてくりゃさい、おちん……ん、こわれちゃう……！」と泣きじゃくる千裕に、じゃあ助けを求めたら？　とスマートフォンを突きつけて、一黎に嘆願の電話をさせた。それで一黎が飛んできたら、楽にしてあげるよ、と。

そういう悪趣味ないじめをしたくなったのは、どちらかといえば自分よりも、千裕は一黎を頼る傾向にあるからかもしれない。

一黎の屋敷で千裕は情人としての教育を受けたから、ある程度は仕方がないことなのだが。なによりも、ミケーレは千裕を愛人として愛でてるのであって、別に彼を育てたかったわけじゃない。養育者という態度をとることは、ほとんどなかった。

少年から青年に変わって行く千裕を淫蕩《いんとう》に染め上げる喜びは、何にも代えがたかったいものだったし、一黎と同じようにミケーレも千裕の成長を愛ではいた。だが、育てる喜びとは、また別の話だった。

変色してしまった性器を、ぐっとミケーレは摑《つか》む。手のひらに、熱い弾力が心地よかった。

「ひゃううう……っ！」

大きく背をのけぞらせながら、千裕は悲鳴を上げた。

塗布した薬の効果は、途切れる様子はない。

たまたま鉢合わせしたパーティー会場から千裕を連れだし、こうして部屋につれこんでから、一、二時間経っているだろうか。

薬なんか使わずに、普通に抱き合いたかったと、ふと思う。

（せっかく、二人でのんびりとセックスできるチャンスだったのに……。失敗したな）

千裕は、ミケーレと一黎との共有品だ。セックスも、三人でということが多い。

それはそれで刺激的だし、悪くはない。快感は、いつもミケーレを裏切らない。

だが、快感とは別に、愛という部分でも楽しみたいとミケーレは考えている。その機会が、千裕相手だとなかなかないのは惜しい。

(まあ、今回は嫉妬でチャンスを潰してしまったわけだから、俺もまだまだ……)

薬で、とろとろにとろけて、いつもの明敏さも、気位の高い眼差しも、何もかも失われてしまった千裕を、ミケーレは見下ろす。

快楽に喘ぎ、無防備に視線を彷徨《さまよ》わせる千裕も、愛らしい。

しかし、少しだけ物足りなさを感じている。

「君も、災難だな」

甘ったるい嬌声を繰りかえす千裕の前に膝《ひざ》をつき、だらしなく投げ出された千裕の手を、ミケーレは恭《うやうや》しく捧げ持つ。

「身勝手な男に、こんなふうに執着されて」

「ひゃんっ」

手の甲へのキスすら、今の千裕は感じるらしい。物欲しげな視線を向けてきた彼に、ミケーレはにこやかに微笑んだ。

「一黎が、プライベートジェットを飛ばしてくるだろうから、それまでは俺と遊んでようか」

「……や…ぁ、いきた………いきたいぃい……っ」

虚ろに、己の欲望だけを繰りかえす情人も、なかなか新鮮だ。これはこれで、楽しみを見つけてみるかと、ミケーレは思った。

どんなに姿になろうとも、愛しいものは愛おしい。

第三章

まったく、酷い話だ。

千裕としては、それ以外にコメントのしようがない。

我にかえったときには、丸一日経っていたらしい。せっかくターゲットに葱《ねぎ》をしょわせて、美味《おい》しく料理をする準備をしていたところだったのに。

(ミケーレを、恨む)

一黎の膝の上から、千裕は心なしかばつの悪そうな顔で、ソファに腰かけているミケーレを見上げた。

ここは、ホテルの一室だ。

千裕が客を連れて参加した乱交パーティーが行われた会場とは、また別のホテル。今回の、ミケーレの滞在先のようだ。

仕事の接待のために、気が進まない乱交パーティーに顔を出した結果が、このザマだ。

知らない男の玩具《おもちゃ》にされなかっただけ、マシだと思うしかないのか?

いや、情人に無体をされたのだから、なお悪い……。

（それにしても、一黎がどうしてここに？）

千裕は自分を膝に抱きあげた、一黎をちらりと見遣る。

一黎は、いつもの無表情だ。

ただ、どうやらミケーレにすっかり呆れかえっているらしいというのは、伝わってきている。

一黎とミケーレは古いつきあいで、気心がしれた間柄だ。鉄面皮の一黎の顔に感情らしきものがよぎるのも、相手がミケーレだからかもしれない。

しかし、香港在住の一黎が、いったいどうして、わざわざ日本に来ているのだろうか。

ミケーレが、ここにいる理由はわかる。

そもそも、千裕が顔を出したのは、彼のシノギの関係だった。

ミケーレの息がかかった輸入商社であり、千裕の極東太平会と協力体制にある『アプロス』が、新しい精力剤という名の麻薬をお披露目するためのパーティーに、好きものと名高い長老格の政治家を千裕が連れ込もうとしたのは、今後のビジネス展開を考えてのことだった。

権力者を取り込んでしまえば、何かと都合がいい。

アプロスの新商品『ヒェドロ』の原材料は、主にタイで収穫される。商品ではなく、原料の形で輸入して、極東太平会のフロント企業が経営する、工場とは名ばかりのような小さい町の作業場で加工される手はずになっていた。

ヒェドロ自体は、精力剤だ。

その加工の副産物として、いわゆるアッパー系のドラッグを生成することも可能だった。千裕は、それに目をつけていた。

最近は、すれすれのところで楽しみたいという顧客のニーズに応えることを、千裕としては奨励している。

扱うならば、完全に違法な麻薬よりは、脱法ドラッグのほうが面倒がない。違法とされたら、また新しいドラッグを探せばいいのだ。

幸いなことに、千裕には一黎とミケーレがいる。ネットワークは全世界に広がっていた。これを、利用しない手はない。

ヒェドロと、その副産物である脱法ドラッグに目をつけることができたのも、ミケーレのおかげだ。そのことは感謝している。無体を働かれたことは、きっちり恨むことにするが。

ヒェドロという精力剤は、かなり効き目が強い。これと脱法ドラッグと、一石二鳥の商売を千裕は狙っている。そのために、ミケーレの下部組織のパーティーにも協力したのだから、なにも千裕は『お仕置き』なんてされるいわれはないはずだった。

それなのに、これだ。

（体が動かない……）

一黎にしなだれかかったまま、千裕は眉間《みけん》に皺《しわ》を寄せる。

アプロスのパーティーに、千裕はターゲットとして目をつけていた、ある国会議員を同伴していた。昔は色恋沙汰《ざた》が派手なことが有名だったとかで、付け入りやすい性格とも判断していたからだ。しかも、異性も同性も問わないというから、都合がいい。

色仕掛けを使うことに、千裕は躊躇いはなかった。

別に、体を許すわけじゃない。ただ、期待を持たせるような素振りをするだけでいい。たいていの男は、千裕に堕ちる。

新しい、秘密の精力剤のパーティーだからと、議員を誘いだすのは簡単だった。

ミケーレがヤキモチ妬《や》きなのは知っているので、千裕だって彼が来ていると知っていたら、配慮したかもしれない。

しかし、タイの薬物の原料工場に顔を出したミケーレが、日本まで足を伸ばしたのはまったくの気まぐれだったのだ。そんな予定は、千裕も知るはずがない。

だから、アプロスのパーティーで、ミケーレに鉢合わせするなんてことは、まったく考えてもいなかったのだ。

その結果が、これだ。

接待だと思って、べたべたしてくる国会議員のなすがままになっていたのが悪かった。ミケーレに浮気かと責め苛《さいな》まれたあげくに、たっぷりと新商品を使われてしまったのだ。

しかも、ヒェドロと脱法ドラッグを混ぜ合わせた状態で。

頭がおかしくなるかと思った。

全身がかっと熱くなり、粘膜はどろどろに溶けていた。弄っても弄っても楽にならなかったから、ミケーレの命じるまま、あられもない振る舞いをしてしまった。

いたぶられながら一黎に電話をかけさせられたのも、ミケーレの『お仕置き』の一環だった。

千裕は長らく男たちの調教を受けていたが、ドラッグを使われたことはない。

一黎の美学に反するからだ。

一黎は、自身の手で千裕の理性を壊していくことに喜びを見いだしており、薬で快楽に狂う千裕には興味がなかったのだ。

そのせいもあってか、薬に過剰に反応していた。まさかここまで、自分が弱いとも思っていなかったのだが。

(本当に、酷い目にあった……)

ミケーレに背を向けたまま、千裕は一黎に抱きついている。

千裕が薬に狂わされていた様子に同情したのか、珍しく一黎が髪を撫で、甘やかしてくれている。

守るように背に回された腕が、千裕を安心させてくれる。

だがしかし、一黎がこんなに優しいなんて、いったい自分はどんな痴態をさらしてしまったのだろう……と、少し気が遠くなりもした。

「……少しは落ち着いたか」

一黎に問われて、こくりと千裕は頷く。

泣き叫んだせいか、声が嗄《か》れていた。声帯が麻痺《まひ》しているようにも感じた。

「思ったより、効き過ぎたみたいだね。混ぜて使わないようにって、注意しておかないと。千裕のおかげで、大事なことに気づけたよ」

ミケーレが、そらっとぼけたことを言っている。

「千裕は、気持ちよくなりすぎたんだろう？」

いつも以上に甘ったるい声で、ミケーレが声をかけてくる。

「俺も、やりすぎたことは反省している。そんなに拗《す》ねていないで、こっちを向いたらどうだい。君の、快楽の余韻が残る色っぽい顔を、見せてくれ」

ミケーレも、一応やりすぎは反省しているみたいだ。

子供あやすような声で、話しかけてくる。

「……見せません」

掠《かす》れた声で、千裕は呟いた。

「俺はしばらく、一黎とだけセックスすることにします」

拗《す》ねていることを隠しもせずに、千裕は呟く。

これくらいの嫌味は、言ってもいいはずだ。

「千裕、意地悪言わないで」

強姦《ごうかん》が趣味ではないと言いつつも、ミケーレもいざとなったら、性的な快楽を力尽くで奪っていく方法を、いくつも知っている男だ。

そんな彼が、哀《あわ》れっぽい声をあげて千裕を窘めるところを見ると、悪かったとは思っているらしい。

千裕の機嫌を、とりたがっている。

しかし、千裕はむくれたままだった。

「……意地悪なのは、ミケーレだ」

そう言って、千裕は一黎の胸元に顔を埋めた。

「千裕……」

お手上げと言わんばかりの哀れっぽい声で、ミケーレは呟く。

「……ふん、嫌われたな。ミケーレ」

千裕の髪を撫でながら、一黎は皮肉っぽく笑う。

「嫉妬を快楽に変えるにも、限度があるということだな」

一黎はミケーレに見せびらかすみたいに、よしよしと千裕をあやしはじめた。千裕もそれに便乗して、一黎と頬《ほお》をぎゅっとひっつけたりしてみる。

子供に返った気分だが、たまには悪くない。

一黎は、小さく口の端をあげる。

「どうした、甘えん坊だな。そんなに、ミケーレの『お仕置き』が辛かったのか」

なにがあったか知らないが、一黎が香港から飛んできたくらいだ。千裕はお仕置きとやらの内容を覚えていないが、おそらく精神衛生上はそのほうがいいのだろう。

「……いっぱい可愛がってもらえないと、この心の傷は癒えません」

わざとらしい甘え口調で口走ると、一黎はそっと口唇を寄せてきた。

「ならば、私が可愛がってやろう。たっぷりと……」

一黎も、千裕の悪のりに応えてきた。臀部を撫でられたと思うと、ミケーレのせいで腫れぼったくなっている孔の縁に、指の腹で優しく撫でてくれる。

「あん……っ」

甘えた声で、千裕は啼く。

緩みきった場所は、一黎の指であっさりと開く。ミケーレの精液が溢《あふ》れてしまった。

恥ずかしい。

だが、あえてそれをミケーレに見せつけてやる。

他の男の指で、彼の体液が掻《か》き出されているところを。

「一黎……、もっと……」

切なげに身をくねらせながら、千裕は一黎にせがむ。

「うんと優しく、その孔を弄《いじ》って」

彼の調教を受けていた時にだって、こんなに素直にねだったことはなかった気がする。そう思いながらも、千裕はなおも甘え顔を見せる。

成長したあとのほうが楽しい『甘え』もあるものなのだと、へんに納得をしながらも。

「……ここが腫れぼったくなるほど抱かれたあとなのに、まだ私を欲するのか？」

含み笑いで、一黎は言う。

「……はい」

こくりと、千裕は頷く。

「ひどくされたことを、忘れられるくらい、優しく……」

甘えてみるというのも、結構面白い。千裕は、そんな暢気《のんき》なことを考えていた。

ミケーレに見せつけてやるつもりでやっていることだが、へんな遊びにはまってしまいそうだった。

それは、一黎も同様かもしれない。

「ああ、そういうことか。千裕、可哀想に」

彼にしては珍しく、あたたかみのある台詞を吐いてから、一黎は慰めるように千裕の体を手のひらで撫で回す。

「おまえの、いいようにしてやる。どこから触ってほしい？」

「胸……」

「乳首か。腫れぼったくなっているな」

「ここも、皮膚が薄い場所だからって、薬を塗りこめられて……」

千裕は、胸元を強調するように手のひらで撫でまわされる。

「じんじんして、熱くて、撫でられても引っ張られてもつねられても足りなくて、もどかしさのあまり泣いてしまいました」

幼い口調で、千裕は一黎に訴える。半分悪ふざけだが、なんだか楽しくなってきた。

「舐めたりしゃぶったりは、されなかったのか」

「薬、塗られてたから……」

千裕は自分の胸の突起をまさぐった。

一黎やミケーレに嬲られつづけたことで、こんなに大きくなってしまった乳首。いつもより濃い色になってるし、腫れぼったくなっていた。

まだ、熱を持っている。

多分、ミケーレに弄られるだけじゃ物足りなくて、千裕自身も必死で嬲ったのだろう。爪の後がこまかに、数え切れないほど胸についていた。

これは、千裕自身の所業だ。

「なるほど、ミケーレは一緒に堕ちてくれなかったということか」

「はい……」

頷いた千裕は、一黎に抱きついたままミケーレを振り返り、恨みがましさをわざと隠さずに、彼を上目遣いで睨みつけた。

「ああもう、わかったよ。降参！」

一黎と違い、ミケーレには視姦の趣味はない。目の前で、千裕が一黎に甘え続けるのは、彼には耐えがたいことだったのだろう。

ミケーレは、お手上げのポーズをとる。

「わかってる！　確かにやりすぎたとは思ってるよ。でも、あんな俺の美意識から外れた男に、千裕が体を触らせてるのを目の当たりにしたら、腹が立ってね」

「……腰と尻を触られただけなのに」

千裕は、溜息をつく。

薬のお披露目をかねての乱交パーティーに案内した政治家には、ちゃんと然るべき相手と、弱みを握るためのカメラ要員をつけていた。

その相手に引き合わせるために、千裕は少しだけ政治家の相手をしただけだ。

乱交パーティーだということは事前に伝えてあったせいか、年寄りが興奮していたのは確かだ。その結果、千裕がなぜかべたべた触られてしまったことも、否定はしない。

だが、誰があんな男に、体を許すか。

千裕にだって、プライドはある。いくら自分の体が使い勝手のいい道具だからって、安売りするつもりはなかった。

体を許す相手は、自分で決める。

……今のところ、二人の男以外に、そういう相手はいないのだ。

当の本人は、わかってくれないようだが。

「俺を歓《よろこ》ばせてくれる、大事なところばかりじゃないか！」

ミケーレは真剣に嘆いている。

イタリア男の恋は派手で、いささかオーバーだ。

「だからといって、薬を使っていたぶるのはひどい」

千裕は、冷静に抗議する。

ミケーレは、深々とため息をついた。

「ああ、たしかにやりすぎた」

項垂《うなだ》れた彼だが、あまり懲りてはいないらしい。

やりすぎたけど、と前置きして、にっこり笑った。

「あんなに、壊れたみたいにひんひん泣く千裕なんて、滅多に見られるものじゃないし……。可愛かったよ？」

千裕は、白い目でミケーレを見つめてしまう。

「……やっぱり、俺はしばらく一黎としかセックスしません」

「ああ、それがよさそうだ」

相槌を打った一黎は、千裕の腰を抱き寄せる。

「ミケーレにつきあっていたら、可愛いおまえが壊れてしまいそうだ」

「あ……っ」

千裕の臀部を手のひらで包みこむように揉んでいかれ、一黎は指先を狭間に滑らせた。

そして、腫れぼったくなっている孔を、ふたたび指先でくすぐり始める。

「どうする、千裕」

「……んっ、一黎、もっと……指、いれてください……」

千裕は、一黎の首筋に腕を絡めた。

ミケーレにいじめられた体は、疲れきっている。でも、激しすぎる快楽のあとに、ぬるま湯のような悦楽を与えられるのは悪くない。

何よりも、少しミケーレに『お仕置き』してやりたい。

(こんなこと、一黎が乗り気の今じゃないと、つきあってもらえないしな)

胸のうちでは冷静に呟きながら、千裕はあたたまっていく肌を一黎に擦りつける。

「千裕、どうだ。私の指は」

一黎も、悪ふざけを続けてくれるつもりがあるらしい。彼は綻んだ千裕の孔へ、指を差し入れてきた。

長い指先が、腫れぼったくなっている肉襞《にくひだ》を辿る。ぐるっと撫でられるだけで、千裕はぞくぞくしてしまった。

ミケーレに苛まれた後だ。まだ、快楽の埋《うず》み火が消えない。

「あ……っ、いい……っ」

千裕は、思わず上擦ったような声を漏らしてしまう。

「もっと……、奥へ」

「こうか？」

「ん……」

千裕はくっと顎《あご》を上げ、目を細めた。

静かに自分の中を掻き乱す、一黎の指先を味わう。ミケーレの精液で濡れたそこに、一黎の冷たい指先の感触は、ちょっとしたスパイスだ。

千裕は、軽くその指先を締めつける。快楽を、自分でコントロールしながら味わうのは、蹂躙《じゅうりん》されるとはまた別種の快感を呼び起こす。

「もっと……」

奥を弄ってほしくて、千裕は自然に一黎へと腰を押しつけるような仕草を繰りかえしてしまった。

「これ以上は、指では無理だな」

「じゃあ、入れてください。一黎の……」

千裕は一黎の下半身に、指を滑らせる。

一黎はあまり、快感をあらわにするほうじゃない。それでも、性器の快感に不感症なわけではなく、千裕の慣れた手管で、そこはすぐに熱を持ちはじめる。

「焦るな」

一黎はそっと千裕を窘める。

まだ、彼も千裕に優しくするという『遊び』を楽しんでいるのだろう。いつになく甘やかな口調だった。

いつも、こんなふうでは、困る。

際限なく、甘えてしまいそうだから。

でも、たまにはいい。

視線をかわせば、お互いにそんなふうに考えていることが、手にとるようにわかった。

「舐めさせて……」

千裕は、つややかな声で甘える。

「俺の孔が覚えてる、あなたの形になるまで」

くちびるをぺろりと舌で舐め回すように、千裕は一黎にねだった。挑発するのではなく、あくまで甘えるふうを装って。

「欲しがりだな、千裕は」

「甘えたがりなんですよ、今は」

そう言って笑うと、千裕は一黎の股間に顔を伏せた。

「……んっ」

一黎の性器を、千裕は丁寧に服の中から取りだした。熱は持っているものの、それはまだ完全な形をしていない。

凶暴さを孕《はら》み、勃起《ぼっき》する性器の形を知っている千裕には、まだ物足りなかった。これでは、千裕の中を穿つには弱い。

「……俺にぴったりの形に、してあげる」

うっとりと呟いて、千裕は一黎の性器を咥えた。

「……んっ、あむ……っ」

「……千裕は、本当に欲しがりだな。可愛がってやると言ったのに、結局はおまえが奉仕をしているじゃないか」

千裕の髪を撫で、一黎は笑う。

彼は、その眼差しをミケーレに投げかけた。

「ああもう、勘弁してくれ！」

ミケーレはお手上げといった風情だ。

「なあ、千裕……。たくさん奉仕するから、俺もおまえとしたい」

「嫌です」

一黎の性器を舐めしゃぶりながら、千裕はにべもなく断る。

どれだけ人を泣かしたと思っているのかと、咎めるような視線で一瞥《いちべつ》する。

「わかった。俺が、全面的に悪かった。謝るよ。もう、あんな悪ふざけはしない」

ようやく、ミケーレは全面降伏をしてくれた。

「……本当に？」

「ああ、本当だ」

ミケーレは、生真面目に言う。

「二度と、俺の同意なく薬は使いませんね？」

とにかく、ミケーレが危険な遊び道具を手に入れやすい立場になったことは間違いない。今後のことを考えると、大真面目に釘を刺しておくのが得策だろう。

「勿論」

「浮気を疑ってひどいことをしたりも、しないですね」

「……まあ、努力する」

まだ、そらっとぼけようとしているミケーレに、千裕は険しい表情をしてみせた。

「ミケーレ」

「……お仕置きは、千裕が燃えてくれる範囲にしておくよ」

名前を呼んで窘めれば、ミケーレはすぐに反省の素振りを見せた。

千裕は、一黎と視線を見交わす。

「私が、証人ということか。いいだろう」

一黎は、小さく口の端を上げる。

「ミケーレ、誓いますか」

「ああ、俺と我々ファミリーの名誉に誓って」

マフィアらしい言葉に、ふっと千裕は笑った。

何も甘い顔をするつもりはないが、熱心に甘い声を出されてしまうと、もういいかという気持ちになってきた。

「じゃあ、今からは、とびっきり優しく……。俺を気持ちよくしてください」

一黎の性器に手を添えたまま、千裕はミケーレを振り返る。

「俺は、一黎を気持ちよくしますから」

「そして、私は千裕を甘やかそう」

一黎は、意地悪く付け加える。

「つまり、ミケーレは罰として、今日一日は千裕のセックスに仕える奴隷《どれい》で、私と千裕はおまえの快楽を糧に楽しむことになる」

「ぐ……っ」

ミケーレは、悔しそうな表情になる。

だがやがて、彼は大きく肩を竦めた。

「わかった。降参した以上、従うよ。女王様を歓ばせるのは、奴隷にとっての名誉な仕事だろう」

「ああ、物わかりがいいじゃないか」

よほどおかしかったのか、一黎が珍しく声を上げて笑っている。

気持ちは、千裕にもわからないでもない。なにせミケーレは、人当たりはいいものの、基本的には支配者の気質なのだ。

快楽の奴隷だなんて、彼には縁遠い立場だ。

「たまには、被虐の中に喜びを見いだしてみようか」

快楽に忠実な人らしい強がりを、ミケーレは言い出した。実際に、彼ならすぐに楽しみを見つけだしそうだと、千裕は思った。


千裕が舐め回した一黎の性器は、すぐに挿入可能になるまで膨れあがった。

ミケーレによって柔らかくなりきっていた孔の具合を確かめ、ミケーレに見せつけるように精液を搔き出してから、あらためて一黎は千裕を膝の上に抱えて、そのまま一気に下から貫いた。

「……んっ、あ……、あん……っ！」

柔らかくなっている孔は、あっさりと一黎を根元まで呑みこんだ。千裕は大きく足を開いて、ミケーレに性器を咥え込んでいる様を見せつける。

「……一黎、すごい……。こんな、奥まで……」

満足げに、千裕は下腹部を撫で回す。

この中に一黎がいる。触れてわかるものではないが、自分で下腹部を撫で回しているうちに、満ち足りたような心地になってきた。

「ああ、おまえの中は気持ちがいい」

千裕の胸元や性器を手のひらで優しく撫で、首筋にキスをしながら、一黎は囁く。

「しばらく、このまま味わわせてくれ」

一黎は、腰を激しく突き上げる様子もなく、千裕の熱い肉襞を堪能しているようだった。それはそれで、彼も心地良いらしい。

「……どうぞ、好きなだけ……。俺も、あなたのを味わっていたい」

うっとりと目を閉じ、一黎の性器を味いながら、千裕は微笑んだ。

動かないセックスというのも、たまには悪くない。

なんて気持ちがいいんだろうか。

咥えた一黎の性器は昂《たかぶ》って、じわじわと内側から熱が広がっていく。

激しく動いて、熱を荒ぶらせるわけではなく、重なったまま、じっと互いを意識する。そうすることで生まれる熱は、穏やかに体を昂らせていく。

再び頭をもたげはじめた自分自身の性器の頭を、そっと千裕は撫でた。

「ミケーレ、あなたはここを……」

婀娜《あだ》っぽく微笑んで、千裕は囁く。

「いっぱい舐めて。ねだってもいかせてくれなかった罪滅ぼしに、たっぷりと優しくしてください」

「ああ、わかった。女王様のお気に召すままに」

ミケーレはそう言うと、千裕の性器を両手に包みこむ。

「……たまには、こういうのもいいな」

予想どおり、新たな楽しみに目覚めたらしく、にやりとミケーレは笑った。

「じゃあ、いただきます」

「あ……ん……っ」

性器の先端を、ミケーレがちろちろと舐めはじめる。

ぱっくり開いた尿道に滲《にじ》んでいる精液の残滓《ざんし》も、新たに溢れはじめた先走りも、丹念にミケーレは舐めとりはじめた。

そして、筋の浮いた幹の部分も、手のひらで丹念に摩擦してくれる。筋を潰すような、絶妙な力の入れ方が、たまらなくよかった。

「……っ、あ……。いい、すごい……」

千裕は自分が思っていたよりも、優しいタッチが好きなようだ。ミケーレの手のひらにさすられながら、先端を舐められただけで、あっという間に性器は固くなっていく。

甘い熱は、そのまま身をすべて委ねたくなってしまうような、心地よさがあった。

「ん……っ、ああ……っ」

「たまには、甘口なのも悪くない」

千裕の体を緩やかに愛撫しながら、一黎は言う。

「ゆるく熱を高められていくというのも、なかなか悪くない」

千裕の腹の中で、一黎の性器は反り返っていた。

締めつけると、形がわかる。激しく動かれなくても、軽い肉襞の蠕動《ぜんどう》だけで、お互いにとっての快楽が生じつつあった。

これは、新しい発見だ。

「ん……、俺も……」

顎を上げると、一黎がキスをしてくれる。軽く触れるだけのキスから、舌を差し入れるものへ。奪うというよりも、熱を分けあうような口づけだ。

「千裕が、いつもより可愛く感じられる気がするな。いつもが女王様なら、今はお姫様だ」

千裕のペニスへの奉仕を続けながら、ミケーレも嘯く。

「確かに、たまには悪くない」

「ミケーレ、反省は？」

一黎と絡めていた舌を解き、千裕は問う。千裕も快楽に溺れるのは嫌いじゃないが、やりすぎなのはごめんだ。

「……いや、してるけど」

ミケーレは、苦笑いしている。

「薬を使いたいって話じゃなくて、じっくりと千裕を可愛がる楽しみに、目覚めそうで……」

「あ……っ」

強く性器に吸い付かれ、千裕は甘い息をこぼす。

体内に男の熱を収め、乳首をたっぷり転がすように撫で回され、キスされて、ペニスには甘い愛撫を与えられる。

純粋に快楽だけを与えらえるセックスに、千裕もはまってしまいそうだ。

たまには、穏やかに快楽に耽るのも悪くはない。

千裕の性器が、ひくんと大きく震えた。

「……あっ、いきそ……う……」

いつになく素直に呟くと、一黎が深いキスをしかけてきた。

そしてミケーレは、口内いっぱいに千裕のペニスを咥えこむ。

「……んっ、く……う……っ、あっ、あぁん……っ」

じゅぷじゅぷと、濡れた音を激しく立てながら、ミケーレは千裕のペニスをしゃぶる。一黎は腰をじっと止めて、快楽を深追いしないかわりに、千裕の全身を優しく舐めたり、キスしたりする。そして、大きな手のひらで、撫でてくれた。

「んっ、いい……。すごい、いい、きもちい……い、あ………くぅ、ふ……っ、いく、いっちゃう……！」

ミケーレの口腔に咥えられたままの、性器が大きく震える。

二人の男の愛撫を一身に受けながら、千裕は達していた。心地よい倦怠感《けんたいかん》に、うっとりと目を細める。

「……ああ、すごい……」

満たされたように溜息をついてから、千裕はミケーレの頬を撫でる。

「じゃあ、次は俺の番だ」

「ん？」

千裕は膝を立てると、一際大きく足を開いた。

そして、一黎を咥えたままの孔に、右手のひとさし指と薬指をあて、縁を押さえこむように、そこを広げてみせた。

「……よくしてくれたお礼です」

艶めかしい笑みを浮かべて、千裕は男を誘う。

「あなたを、ここで味わいたい」

ミケーレは目を丸くしたが、嬉《うれ》しげににやっと笑った。

「千裕は大胆だな」

「俺は、欲張りだから」

「知ってる」

甘ったるい雰囲気そのままに、千裕は一黎とミケーレに、交互に優しいキスをする。

そして、緩みきって欲張りな孔へと、ミケーレの性器も同時に頬張《ほおば》っていく。

「……んっ、きつ……っ」

いくら慣れているとはいえ、さすがにペニスを二本同時に孔へと咥えこむのは、いかに千裕でも体に負担がかかる。

だが、この苦しさが、たまらなくいいのだ。

「大丈夫か」

一黎が、千裕の下腹部をさする。

「平気……」

何度も何度も大きく胸を喘がせながら、千裕は呻いた。

「お願い、もっときて。奥に……っ」

孔の縁が引き攣っている。二人分の性器を受け入れながら、千裕は歓喜の声を上げた。

「……んっ、いい……っ」

開ききった孔は、どうにかミケーレの性器を受け入れた。二人分のペニスを頬張って、千裕の体は歓喜に震える。

「……っ、ああ……、いっぱいだ……」

満足げに、千裕は微笑んだ。

「しばらく、このまま……」

「いいよ。そのかわり、キスでもしていよう」

「乳首や、性器を撫でてやる。……好きだろう?」

「好き……」

一黎に乳首を撫でられながら、夢見心地で呟いた口唇に、ミケーレは優しく口づけてくれた。

ほっとしている。自分はやはり、ふたりともに貫いてもらえないと、物足りない体になってしまったようだ。

背中からも前からも、自分を愛している男に包みこまれる。この上もない贅沢に、千裕は満ち足りた笑みを漏らした。

おわり

あとがき

こんにちは、あさひ木葉《このは》です。

このたびは、「覇者の情人」をお手にとってくださいまして、本当にありがとうございました！

私にとって、ものすごく久しぶりの単行本となります。実はプロットを作ったのは、二〇〇九年で、このプロットを作った年に生まれたお子さんが、小学生になっているのでは……と（笑）。

時の流れの早さに、くらくらしています。

その間に、何人も編集さんが変わられて、最後までお仕事できなかった方もいらっしゃって、本当に反省しきりです。

それでも、このように一冊の本として発行していただけたことを、本当に嬉しく思っています。

さて、そんなに書き上がるまでに年月がかかったお話ですが、内容はエロです。３Ｐです。当時は、まだ今ほど３Ｐの小説がなくて、それで３Ｐにしよう、という話になった気がしています。

現編集さんに、途中まで書いて止まっていたものをお見せしたところ、続きを書く許可をいただいたので、おかげさまでこうして日の目を見ることができたお話です。編集さんには、本当に感謝してもしきれません。

「今回の話……、ひたすらエロです」と申し上げたところ、「エロでいきましょう」と頼もしくお答えくださいました編集さん、本当にありがとうございました。

おかげで、勇気を持って、私はエロの道を貫けました！（笑）

ただ、私がいまだ、思うように小説を書ける状態になっておらず、関係者の方々にはたいへんご迷惑をおかけしてしまい、本当に申し訳ありませんでした。

とりわけ、お忙しい中、スケジュールを組んでいただいていたのにも関わらず、私の事情で色々とご迷惑をおかけしてしまったイラストレーターの日野《ひの》ガラス先生には、お詫びしてもしたりないほどです。

それなのに、とても美しく色っぽいイラストを描いていただけて、私は幸せものです。とりわけ、主人公の千裕のイメージにぴったりの表紙を、本当にありがとうございました！


この後書きを書いている時点で、お仕事の先の予定もちゃんと決めてはいないのですが、今後はどうにかまた、ＢＬのお話を作っていけたらと思っています。

エロメインのお話も、エロがスパイスになるお話も、いろいろ書いていけたら嬉しいです。

またどこかでお見かけの際には、どうかお手にとってみてください。

今回の話もですが、私の書く話の中に、少しでも楽しんでいただけるものがあれば、本当に幸せに思います。

お読みくださいまして、どうもありがとうございました。

あさひ木葉

掌の檻

てのひらのおり

宮緒 葵
イラスト：**座裏屋蘭丸**
本体価格870円+税

会社員の数馬は、ある日突然、友人にヤクザからの借金の肩代わりさせられ、激しい取りたてにあうようになった。心身ともに追い込まれた状態で友人を探すなか、数馬はかつて互いの体を慰めあっていたこともある美貌の同級生・雪也と再会する。当時儚げで劣情をそそられるような美少年だった雪也は、精悍な男らしさと自信を身につけたやり手弁護士に成長していた。事情を知った雪也によってヤクザの取りたてから救われた数馬は、彼の家に居候することになる。過保護なほど心も体も甘やかされていく数馬だったが、次第に雪也の束縛はエスカレートしていき…。

リンクスロマンス大好評発売中

黒曜の災厄は愛を導く

こくようのさいやくはあいをみちびく

六青みつみ
イラスト：**カゼキショウ**
本体価格870円+税

黒髪黒瞳で普通の見た目である高校生の鈴木秋人は、金髪碧眼で美少年の苑宮春夏と学校へ行く途中、突然穴に落ちてしまった春夏を助けようとし……なんと二人一緒に、異世界·アヴァロニス王国にトリップしてしまう。どうやら秋人は、王国の神子として召還された春夏の巻き添えとなったかたちだが、こちらの世界では、黒髪黒瞳の外見は『災厄の導き手』と忌み嫌われ見つかると殺されてしまう存在だった。そんな事情から、唯一自分を認めてくれた、王国で四人いる王候補の一人であるレンドルフに匿われていた秋人だったが、あるとき何者かに攫われ…。

恋、ひとひら《こい、ひとひら》

宮本れん
イラスト：**サマミヤアカザ**
本体価格870円+税

黒髪黒髪に大きな瞳が特徴的な香坂楓は、幼いころに身寄りをなくし、遠縁である旧家・久遠寺家に引き取られ使用人として働いていた。初めて家に来た時からずっと優しく見守ってくれていた長男・琉生に密かな想いを寄せていた楓だが、ある日彼に「好きな人がいる」と聞かされてしまう。ショックを受けながらも、わけあって想いは告げられないという琉生を見かねて、なにか自分にできることはないかと尋ねる楓。すると返ってきたのは「それなら、おまえが恋人になってくれるか」という思いがけない言葉で…。

リンクスロマンス大好評発売中

無垢で傲慢な愛し方《むくでごうまんなあいしかた》

名倉和希
イラスト：**壱也**
本体価格870円+税

天使のような美貌を持つ、元華族という高貴な一族の御曹司・今泉清彦は、四年前、兄の友人でもあり大企業の副社長・長谷川克則に熱烈な告白をされた。出会いから六年もの間、十七も年下の自分にひたむきな愛情を捧げ続けてくれていたと知った清彦はその想いを受け入れ、晴れて相思相愛に。以来「大人になるまで手は出さない」という克則の誓約のもと、二人は清い関係を続けてきた。しかし、せっかく愛し合っているのに本当にまったく手を出してくれない恋人にしびれを切らした清彦は、二十歳の誕生日、あてつけのつもりである行動を起こし…!?

月下の誓い《げっかのちかい》

向梶あうん

イラスト：**日野ガラス**

本体価格870 円+税

　幼い頃から奴隷として働かされてきたシャオは、ある日主人に暴力を振るわれているところを、偶然通りかかった男に助けられる。赤い瞳と白い髪を持つ男はキヴィルナズと名乗りシャオを買うと言い出した。その容貌のせいで周りから化け物と恐れられていたキヴィルナズだがシャオは献身的な看病を受け、生まれて初めて人に優しくされる喜びを覚える。穏やかな暮らしのなか、なぜ自分を助けてくれたのかと問うシャオにキヴィルナズはどこか愛しいものを見るような視線を向けてきて…。

リンクスロマンス大好評発売中

蒼穹の虜《そうきゅうのとりこ》

高原いちか

イラスト：**幸村佳苗**

本体価格870円+税

　たおやかな美貌を持つ天蘭国宰相家の沙蘭は国が戦に敗れ、男でありながら、大国・月弓国の王である火竜の後宮に入ることになる。「欲しいものは力で奪う」と宣言する火竜に夜ごと淫らに抱かれる沙蘭は、向けられる激情に戸惑いを隠せずにいた。そんなある日、火竜が月弓国の王にまでのぼりつめたのは、己を手に入れるためだったと知った沙蘭。沙蘭は、国をも滅ぼそうとする狂気にも似た愛情に恐れを覚えつつも、翻弄されていき…。

あかつきの塔の魔術師

あかつきのとうのまじゅつし

夜光 花

イラスト：**山岸ほくと**

本体価格855円+税

長年、隣国であるセントダイナの傘下にある魔術師の国サントリム。代々人質として、王子を送っており、今は王族の中で唯一魔術が使えない第三王子のヒューイが隣国で暮らしている。魔術師のレニーが従者として付き添っているが、魔術が使えることは内密にされていた。口も性格も悪いが、常にヒューイのことを第一に考え行動してくれる彼と親密な絆を結び、美しく育ったヒューイ。しかし、世継ぎ争いに巻き込まれてしまい…。

リンクスロマンス大好評発売中

座敷童に恋をした。

ざしきわらしにこいをした。

いおかいつき

イラスト：**佐々木久美子**

本体価格870円+税

亡くなった祖父の家を相続することになった大学生の西島祈。かつてその家には、可愛らしい容姿をした座敷童の咲楽など、様々な妖怪たちが住み着いていた。しかし久しぶりに祈が訪ねると、ほとんどの妖怪たちは祖父と共に逝き咲楽ただ一人になっていた。その上、可愛くて祈の初恋の相手でもあった咲楽が、無精髭を生やしたむさくるしい30代の男に様変わりしてしまっていて…。大切な思い出を汚された気がして納得のいかない祈だったが、仕方なく彼と生活を共にすることになり…。

リアルライフゲーム

夜光 花
イラスト：**海老原由里**
本体価格855円+税

　華麗な美貌の佳宏は、八年ぶりに幼馴染みの平良と再会する。学生時代は友人の透矢、翔太の四人でよく遊んでいた。久しぶりに皆で集まりゲームをしようとの平良の提案で四人は集まるが、佳宏は用意されたものを見て愕然とする。そのゲームは、マスの指示をリアルに行う人生ゲームだったのだ。しかもゲームを進めるにつれ、シールで隠されたマスにはとんでもない指令が書かれていることを知り…。

　指令・隣の人とセックス──。

リンクスロマンス大好評発売中

忘れないでいてくれ《わすれないでいてくれ》

夜光 花
イラスト：**朝南かつみ**
本体価格855円+税

　他人の記憶を覗き、消す能力を持つ清廉な美貌の守屋清涼。見た目に反して豪放磊落な性格の清涼は、その能力を活かして生計を立てていた。そんなある日、ヤクザのような目つきの鋭い秦野という刑事が突然現れる。清涼は重要な事件を目撃した女性の記憶を消したと詰られ脅されるが、仕返しに秦野の記憶を覗き、彼のトラウマを指摘してしまう。しかし、逆に激昂した秦野は、清涼を無理矢理押し倒し、蹂躙してきて──。

小説原稿募集

リンクスロマンスではオリジナル作品の原稿を随時募集いたします。

募集作品

リンクスロマンスの読者を対象にした商業誌未発表のオリジナル作品。
（商業誌未発表のオリジナル作品であれば、同人誌・サイト発表作も受付可）

募集要項

＜応募資格＞
年齢・性別・プロ・アマ問いません。

＜原稿枚数＞
４５文字×１７行（１枚）の縦書き原稿、２００枚以上２４０枚以内。
※印刷形式は自由。ただしＡ４用紙を使用のこと。
※手書き、感熱紙不可。
※原稿には必ずノンブル（通し番号）を入れてください。

＜応募上の注意＞
◆原稿の１枚目には、作品のタイトル、ペンネーム、住所、氏名、年齢、電話番号、メールアドレス、投稿（掲載）歴を添付してください。
◆２枚目には、作品のあらすじ（４００字～８００字程度）を添付してください。
◆未完の作品（続きものなど）、他誌との二重投稿作品は受付不可です。
◆原稿は返却いたしませんので、必要な方はコピー等の控えをお取りください。
◆１作品につき、ひとつの封筒でご応募ください。

＜採用のお知らせ＞
◆採用の場合のみ、原稿到着後６カ月以内に編集部よりご連絡いたします。
◆優れた作品は、リンクスロマンスより発行させていただきます。
原稿料は、当社既定の印税でのお支払いになります。
◆選考に関するお電話やメールでのお問い合わせはご遠慮ください。

宛先

〒151-0051
東京都渋谷区千駄ヶ谷４−９−７
株式会社　幻冬舎コミックス
「リンクスロマンス　小説原稿募集」係

LYNX ROMANCE

イラストレーター募集

リンクスロマンスでは、イラストレーターを随時募集いたします。

リンクスロマンスから任意の作品を選び、作品に合わせた
模写ではないオリジナルのイラスト(下記各1点以上)を描いてご応募ください。
モノクロイラストは、新書の挿絵箇所以外でも構いませんので、
好きなシーンを選んで描いてください。

1 表紙用 カラーイラスト

2 モノクロイラスト (人物全身・背景の入ったもの)

3 モノクロイラスト (人物アップ)

4 モノクロイラスト (キス・Hシーン)

募集要項

<応募資格>

年齢・性別・プロ・アマ問いません。

<原稿のサイズおよび形式>

◆Ａ４またはＢ４サイズの市販の原稿用紙を使用してください。
◆データ原稿の場合は、Photoshop（Ver.5.0 以降）形式でＣＤ－Ｒに保存し、
出力見本をつけてご応募ください。

<応募上の注意>

◆応募イラストの元としたリンクスロマンスのタイトル、
あなたの住所、氏名、ペンネーム、年齢、電話番号、メールアドレス、
投稿歴、受賞歴を記載した紙を添付してください（書式自由）。
◆作品返却を希望する場合は、応募封筒の表に「返却希望」と明記し、
返却希望先の住所・氏名を記入して
返送分の切手を貼った返信用封筒を同封してください。

<採用のお知らせ>

◆採用の場合のみ、６カ月以内に編集部よりご連絡いたします。
◆選考に関するお電話やメールでのお問い合わせはご遠慮ください。

宛先

〒151-0051 東京都渋谷区千駄ヶ谷 4−9−7
株式会社　幻冬舎コミックス
「リンクスロマンス　イラストレーター募集」係

この本を読んでの
ご意見・ご感想を
お寄せ下さい。

〒151-0051
東京都渋谷区千駄ヶ谷4-9-7
(株)幻冬舎コミックス　リンクス編集部
「あさひ木葉《このは》先生」係／「日野《ひの》ガラス先生」係

リンクス ロマンス

覇者の情人

2015年12月31日　第1刷発行

著者……………あさひ木葉《このは》
発行人…………石原正康
発行元…………株式会社　幻冬舎コミックス
〒151-0051　東京都渋谷区千駄ヶ谷4-9-7
TEL 03-5411-6431（編集）
発売元…………株式会社　幻冬舎
〒151-0051　東京都渋谷区千駄ヶ谷4-9-7
TEL 03-5411-6222（営業）
振替00120-8-767643
印刷・製本所…株式会社　光邦
検印廃止

ISBN978-4-344-83597-9 C0293
Printed in Japan

幻冬舎コミックスホームページ　http://www.gentosha-comics.net